SEMERKAND
 : 27
yayin@semerkand.com
ISBN: 978-605-4565-83-2

Derleyen ve Yayına Hazırlayan : Yaşar Koca - Yusuf Fidan
Yayın Yönetmeni : Ö. Özlem Gülmez
Editör : Ahmet Kasım Fidan
Redaksiyon : Mehmet Erikli
Resimleyen : Muammer Olcay
Tashih : Mehmet Günyüzlü
Kapak ve İç Tasarım : Zeynep Kocabaş
İç düzen : Nilgün Sönmez
Baskı : Acar Basım
Beysan Sanayi Sitesi
Birlik Cad. No: 26
Haramidere-Beylikdüzü-İstanbul
Tel: 0212 422 18 34
(yaygın dağıtım)

Nisan 2014, İstanbul
3. Baskı

© Bu eserin tüm yayın hakları
Semerkand Basım Yayın Dağıtım A.Ş.'ye aittir.

GENEL DAĞITIM

 TÜRKİYE: Eyüpsultan Mah. Esma Sokak. No.7/A Samandıra-Sancaktepe-İstanbul
Tel: 0216 564 26 26 **Faks:** 0216 564 26 36 online satış: www.semerkandpazarlama.com
 **AVRUPA** EROL Medien GmbH Kölner Str. 256 51149 Köln
Tel: 02203/369490 **Fax:** 02203/3694910 www.semerkandonline.de

Anne Masalları

Yaşar Koca ~ Yusuf Fidan

SEMERKAND ÇOCUK

İÇİNDEKİLER

KIZIL TİLKİ ile KURNAZ ASLAN 9
TONTON 13
AH AH GÜVERCİN 19
KENDİNİ BEĞENMİŞ FARE 23
BABA BILDIRCIN 27
İKİ DOST 35
UYANIK TAY 41
AK YILAN 45
AYI ile SERVİ KUŞU 51
ASLAN YÜREKLİ FARE 57
ÜÇ YAVRULU KEÇİ 61
YALANCI ARKADAŞ 67

SAKSAĞAN ile KIVIRCIK SİNCAP 71

TİLKİNİN OYUNUNU BOZAN DEVE 77

YALANCI KURT 83

ÇAKAL ile HOROZ 87

TİLKİ ile BILDIRCIN 91

AÇGÖZLÜ TİLKİ 95

SİNCAPLA SAKSAĞAN 99

ÇEVİK KEDİ 103

EJDER KUŞ 107

TİLKİ TAVUKLARIN PADİŞAHI 113

KURT ile KEDİ 117

HANGİSİ DAHA KURNAZ 121

PALAVRACI ÇAKAL 125

KEDİ ile KÖPEĞİN DOSTLUĞU 129

BİR KEDİ BİR KÜP ALTIN 133

ÜÇ KÖPEK 137

ÜÇ BÖREK 141

KURBAĞA ile ÜRKEK FARE 147

BİR GÜNLÜK ÇOBAN 151

ASLANIM ASLAN 155
KEDİNİN DOSTLUĞU 159
İHTİYAR ile TEMBEL GENÇ 163
HALDEN ANLAYAN HİZMETÇİ 167
İYİ NİYETLİ FARE 171
NAZLI KIZ 175
AYCEMAL ile ÇOBAN 179
SERÇE BURUN 185
BABA ile ÇOCUĞUN SEVGİSİ 191
GÜMÜŞ HAZİNE 195
AKIL-İLİM-BAHT 199
KÖSE ile DEV 203
ÜÇ KARDEŞ 209
BİRLİKTE DİRLİK 213
MİRZA ile NOGAY 217
İYİ KOMŞU 223
MAZİ ile NAZİK 227
HAÇAN OLMAZ OLMAZ 233
DUA EDEN YAPRAKLAR 237

BAL KIZ 241

CİMRİ 245

AKILLI İHTİYAR 249

DEĞİRMENCİ ile ÇOCUK 253

DÜRÜST ile HİLECİ 259

BECERİKLİ OĞLAN 263

SÖZÜNDE DURAN DEV 267

KURDUN ÇİLESİ 273

KIRK BAŞLI YILAN 277

ALDANAN KURT 281

KENDİNİ KURBAĞA SANAN KAVAL 289

DÖRT ÇARESİZ BALIK 293

KIZIL TİLKİ ile KURNAZ ASLAN

Armudu taşlayalım, dibinde kışlayalım, uzun sözden birisi, ala tavşan derisi, müsaade ederseniz masala başlayalım. Bir varmış, bir yokmuş; evvel zaman içinde kalbur saman içinde, geniş bir mağaranın içinde bir aslan yaşarmış.

Bu aslan tembellikten kılını bile kıpırdatmazmış. Ziyaretine gelen hayvanları kandırıp tuzağa düşürdükten sonra onları afiyetle yermiş. Bir de ağzını şapırdatıp, "Bu hayvanlar çok akılsız" dermiş. Bu yolla karnını doyuran aslan halinden oldukça memnunmuş. Yaz olmuş, güz olmuş, ormanı donduran kış olmuş. Ayılar inlerinde, yılanlar yuvalarında tatlı tatlı uykulara dalmış. Bizim aslanı soracak olursanız mağarasında dört mevsim keyif çatar olmuş.

Yine dondurucu bir kış gününde, aslanın komşularından Kızıl Tilki de aslanı ziyaret etmek istemiş. Fakat Kızıl Tilki, diğer arkadaşları gibi mağaraya girmeyip aslana dışarıdan seslenmiş:

Aslanım ne oldu sana?

Eskiden kükrerdin.

Bir ses ver bana,

Nedir senin derdin?

Aslan da şöyle cevap vermiş: "Halim kötü, hem dışarısı da çok soğuk. Niçin sen benim yanıma gelmiyorsun; yanıma gel de bir güzel ısın."

Kızıl Tilki, mağaranın girişindeki izleri görünce,

- Şöyle bir bakıyorum da senin yanına varan iz çok, ama yanından çıkıp giden iz hiç yok! Bilirsin ki bende de senin hilelerine kanacak bir göz yok, deyip çekip gitmiş.

Masalımız da burada bitmiş …

Bu masalı anlatana verelim bir torba kömür

Dinleyenlere de versin Allah, hayırlı bir ömür …

TONTON

Biri akşama kadar et yermiş, diğeri sabaha kadar yıldız sayarmış. Birinin evine güneş doğarmış, diğerinin evini buz tutarmış. Kazan kaynamış yemek pişmiş, bakalım bu masalda neler olmuş.

Bir varmış bir yokmuş. Coşkun suyun kıyısında Hırım adında zengin bir kişi yaşarmış. Onun karısının adı da Hırna imiş. Bu zenginlerin yanında hizmetçi olarak, Tonton adında yoksul bir kişi yaşıyormuş. Zenginler, Tonton'un evini tepeye yapmışlar. Tonton'un bütün varlığı bir kara inek, bir kara koyun ve bir kara at imiş. İki de çocuğu varmış.

Tonton, o zengin ailenin yanında kırk yıl çalışmış, ama borçtan da kurtulamamış. Çünkü her yılın sonunda zengin aile onu bir şekilde borçlandırıyormuş. Öyle ki Tonton'un dereden ne kadar su aldığını ve ne kadar odun kullandığını bile yazıyorlarmış.

Böylece Tonton'a hiçbir ücret ödemeden onu karın tokluğuna çalıştırıyorlarmış.

Bahar gelmiş. Avuç içini dolduran cevizler ağaçların tepelerinden taşmaya başlamış. Şeker şerbet kirazlar çiçeklenmeye, yeşil yeşil erikler beyaz beyaz yapraklanmaya başlamış. Kırların göz dolduran eşsiz kokulu çiçeklerinden karanfiller, güller, erguvanlar, doğanın gelini papatyalar, kızılcıklar, çitlembikler büyümeye başlamış. Bir kırlangıç ailesi gelip zenginin evine yuva yapmış. Fakat zenginin eşi Hırna, kuşları dağıtıp evinden uzaklaştırmaya çalışmış ve yuvalarını bozmuş. Kırlangıçlar bu kez Tonton'un evine yuva yapmışlar. Tonton'un eşi, kırlangıçları kovmak yerine onları kendi eliyle beslemeye başlamış.

Bir gün kırlangıçlar kendi aralarında konuşurlarken şöyle demişler:

- Zenginin evindeyken, hiçbir yanı pis bırakmıyorduk, kimselere rahatsızlık vermeden temiz temiz yaşıyorduk ama zenginin eşi yuvamızı bozdu. Burada ise bazan etrafta çöp bıraksak bile bizi kimse kovmuyor, üstelik Tonton'un eşi bizi eliyle besliyor!

Derken, evin pencerelerinden duman yükselmeye başlamış. Kırlangıçlar, evin küçük çocuğunun kibritle oynadığını görmüş.

Kibritten çıkan kıvılcımla halılar, perdeler ve koltuklar tutuşmaya başlamış. Yangın giderek yayılıyormuş. Tonton ile eşi telaşla çocuklarını dışarı çıkarıp kovalarla dere kenarına koşmuşlar. Zengin adam karısıyla onların önüne çıkıp,

- Size dereden su vermeyiz, diye tutturmuş.

Kırlangıçlar, arkadaşlarına da haber verip birlikte yangını söndürmek için gagalarıyla dereden su taşımış. Bütün bunlar olurken, zenginin bahçesindeki hayvanlar dile gelmiş, onların söylediklerini herkes duymuş.

Köpek, "Allahım yağmur yağdır, yağmur yağdır ..." derken, kuzular da şöyle söylüyormuş:

- Tonton bizi gece gündüz otlatıyor. Allahım çok yağmur yağdır, çok yağmur yağdır, yangın sönsün ...

Âniden esen rüzgâr, yağmur yüklü bulutları Tonton'un evinin üstüne kadar getirmiş. Bardaktan boşanırcasına yağmur yağmış ve yangın sönmüş. Tonton ile eşi yangının büyük bir felakete yol açmadan söndüğünü görünce şükür namazı kılmışlar.

Zengin ile eşi de tövbe edip bir daha kimseye kötü davranmamaya karar vermişler. Tonton'un bütün borçlarını silip kendi evlerinin yanında onlara güzel bir ev yapmışlar. Dostluk içinde yaşamaya başlamışlar. Onlar huzurlu bir ömür geçirmeye başlarken, masalımız da burada sona ermiş. Gökten üç elma düşsün. Üçü de mutluluğumuz için olsun.

AH AH GÜVERCİN

Sabah gelir akşam gider. Aç tavuğum peşim sıra gezer. Mısır attım önüne, gagalar tık tık da tık tık, kumrular da guk guk da guk guk, mısırı tavuk yesin, masal seven çocuklar bana kulak versin ...

Bir varmış, bir yokmuş, zamanın birinde fakir bir adam üç çocuğu ile birlikte yaşarmış. Çocuklardan ikisinin bir mesleği varmış. İki kardeş para kazanıp evin geçimine katkıda bulunuyormuş. En küçük kardeşlerinin ise cebi tamtakırmış. Bu küçük kardeşin ne bir uğraşı varmış ne de tutumluymuş.

Gel zaman git zaman, ailenin direği baba hastalanmış. Günlerce yataktan kalkamamış. Bir gün kendi kendine, "Var akar, yok bakar. Çocuğuma ben öldükten sonra kim bakar?" diye sayıklarken, pencereye bir güvercin konuvermiş.

Adam, güvercine bir bakmış, iki bakmış, güvercin yerinden bile kımıldamamış. Adam da hasta haliyle kan ter içinde kalkıp onun yanına gitmiş. Güvercin yine hiç hareket etmeden yerinde durmaktaymış. Bu sırada adam derinden bir "ah" çekmiş. Güvercin hemen dile gelmiş:

- Küçük çocuğuna söyle, kıra çıkıp beni bulsun, demiş ve uçup gitmiş. Baba sevinçle küçük çocuğunu yanına çağırmış, ona güvercinden duyduklarını olduğu gibi anlatmış. Çocuk da heyecanla, taze çiçek kokularıyla dolu kırın yolunu tutmuş.

Az gitmiş, uz gitmiş, dere tepe düz gitmiş, sonunda kıra gelmiş. Susuzluğunu dindirmek için kaynağından durmaksızın akan soğuk bir su içince dişleri sızlamış ve "ah" diye bağırmış. Bir de bakmış ki güvercin karşısında duruyor.

Güvercin dile gelip şöyle demiş:

- Ayağın sıcak olsun, başın serin, iş bul kendine, düşünme öyle derin derin.

Gencin o zamana kadar havada uçan aklı gelmiş başına konmuş. Ekmek elden su gölden yaşamayı bırakmış. Güvercinin hikmetli sözüne kulak verip bir marangoz ustasının yanında diz büküp çırak olmuş.

Oğlunun zamanla civarın hatırı sayılır marangozlarından biri olduğunu gören babasının gönlü rahata kavuşmuş, dili hikmet ehli güvercine duaya başlamış.

Ağaçlar odun olmuş. Odunlar dolap olmuş. Bu masalın zamanı da burada dolmuş.

KENDİNİ BEĞENMİŞ FARE

Tık tık eder sesi var, benim saatimin nesi var? Taktım onu koluma, şimdi başlıyorum masalıma. Bir varmış bir yokmuş. Çok eski zamanlarda çölde kendini beğenmiş bir fare yaşarmış. Bu fare iki de bir,

"Çölde han da sultan da benim" dermiş. İyice şişmanlayıp gelişince kendi kendine,

Artık ben kediyle kavga etsem yenilmem!" deyip duruyormuş. Yine bir gün havayı serinlik kaplayınca yuvasının önüne çıkıp,

"Hay, bu ıssız yerde kedi avlayıp gezseydim" diye bağırmış. Çölde yalnız dolaşan yabani bir kedi bunun sesini işitmiş. Kendini beğenmiş fare iç çekerek,

"Vallahi, benim bir kediyle oyun oynama hevesim vardı" derken, o kedi farenin arkasından gelmiş ve kuyruğundan tutup onu ısırmış.

Farenin gözü yuvasından fırlayacak gibi olmuş. O sırada fare zorla arkasına dönüp kedinin yüzüne bakmış ve,

"Ey hanım, ey hanım,

Yavaş sık, çıktı canım.

Issız yer diye söylemiştim,

Başıma iş açtı yalanım!"

diye ağlayıp inlemeye başlamış. Kediye diller döküp, yalvarsa da kedi onu hiç umursamamış. "Senin gibi şişman bir fare hiç görmemiştim" demiş. Kedinin iyice iştahı açılmış ve bir yandan da tırnaklarını toprağa sürterek bilemeye başlamış.

Fare ağlayıp sızlamakla kediden kurtulamayacağını anlamış. Çabuk davranıp kedinin bıyıklarını çekince kedi can

havlıyle fareyi bırakmış. Fare de yuvasına girerek canını kurtarmış.

O gün bu gündür kedi ile fare bir araya gelmemişler. Onlar birbirini kovalayadursun, biz gökten düşen üç elmayı alalım. Birini kardeşimize verelim, birini annemize götürelim, birini de kendimiz yiyelim …

BABA BILDIRCIN

Karada bir gemi, başındadır yelkeni, Ne karası ne de denizi, korkutmayın gölgenizi. Ben gölgem ile barıştım, onunla Kafdağı'nı aştım. Kafdağı'ndan bir masal getirdim. Bu masalı gölgem okusun, duyanlar duymayanlara duyursun ...

Bir varmış bir yokmuş. Bir yaşlı kadın ile bir yaşlı adam varmış. Yaşlı adam, avcılıkla geçimini sağlarmış. Bir gün kurduğu tuzağa büyük bir bıldırcın kuşu yakalanmış. Adam gidip bıldırcını tuzaktan çıkarmış. Bir anda dile gelen bıldırcın adamın şaşkın bakışları arasında insan gibi konuşmaya başlamış:

- Ben bıldırcınların babasıyım. Beni bırak, ne dilersen onu sana hediye edeyim. Benim evim, yurdum şu karşıdaki dağın arkasında; "Baba Bıldırcın'ın evi nerede" diye sorarsan herkes söyler, demiş.

Yaşlı adam bu sözleri duyunca bıldırcını salıvermiş. Ertesi gün erkenden kalkmış, bıldırcından hediyesini almak için yollara düşmüş. Dağ aşmış, bayır inmiş, dere geçmiş, susamış su içmiş, kâh dinlenmek için bir ağacın gölgesinde uyumuş kâh acıkmış yere sofrasını sermiş yemeğini yemiş ve nihayet bir yere varmış. Burada koyun güden bir çobana rastlamış. Önce çobana selâm vermiş, ardından,

- Bu koyunlar kimin koyunudur, diye sormuş. Çoban da, "Bu koyunlar Baba Bıldırcın'ın koyunudur" deyince, adam heyecanla,

- Baba Bıldırcın bana hediyeler vereceğini söyledi, ondan ne istesem ki, demiş.

Çoban, "Baba Bıldırcın'ın bir küpü var, 'Kayna küpüm' dese, altın kaynar, 'Parla küpüm' dese elmaslar parıldar. Sen o küpü iste" demiş. Yaşlı adam az gidip uz gidip, dereden tepeden düz gidip, yedi gece yedi gündüz pabuçlarını eskitip Baba Bıldırcın'ın evine varmış ve ondan "sihirli küpü" istemiş. Baba Bıldırcın bir müddet düşündükten sonra,

- İhtiyar, sana bir tabak altın vereyim, demiş. Ama yaşlı adam bunu istememiş. "Sihirli küpü" almak istemiş. Baba Bıldırcın da verdiği sözü düşünüp ona bu kıymetli hediyeyi vermiş. İhtiyar, taşlı topraklı yolları adımlayıp, çöl sıcağında kavrulup yürüyerek bir köye gelmiş. Dinlenmek için bir ağacın altına oturmuş. Köyün çocuklarına, "Şu küpe göz kulak olun. Ben biraz kestireyim, fakat sakın, 'Kayna küpüm' demeyin!" demiş.

Çocuklar, adam uyuduğunda, "Kayna küpüm" diye bağrışmışlar. Küpten altınların kaynayıp taştığını gören çocuklar şaşırıp kalmışlar ve altınları toplayıp almışlar. Küpü de evlerine götürüp saklamışlar. Sihirli küpün yerine başka bir küpü getirip koymuşlar. Yaşlı adam uykusundan uyanınca küpü alıp yola düşmüş. Yedi gece yedi gündüz yürüyüp evine ulaşmış.

Adam eşine sihirli küpün özelliklerini bir bir anlattıktan sonra, "Haydi hanım, yere bir örtü ser. Şimdi zengin olacağız" demiş.

Yaşlı kadın örtüyü serince, küpü örtünün ortasına koymuşlar ve var güçleriyle, "Kayna küpüm" diye bağırmışlar. Küpten çıt bile çıkmamış, umut ettikleri altınlar kaynayıp orta yere dökülmemiş. Adam sinirlenip küpü bir kenara atmış.

Ertesi sabah erkenden tekrar yollara düşmüş. Uzunca bir süre yolları arşınlamış ve tekrar çobanın yanına gelmiş.

Çobana,

- Baba Bıldırcın beni aldattı, şimdi ondan ne isteyeyim, diye sormuş. Çoban biraz düşünüp,

- Sihirli sofrayı iste. O sofrayı serip, "Açıl sofram" derseniz, sizin için türlü türlü yiyecekler hazırlanır, demiş.

Yaşlı adam yeni heyecanlar ve umutlarla Baba Bıldırcın'ın evine varıp ondan "sihirli sofra"yı isteyince, Baba Bıldırcın sinirlenmiş:

- Ben sana "Sihirli küpümü" vermiştim. Gönlün olmadı mı, demiş. Yaşlı adam Baba Bıldırcın'a,

- Beni aldattın, sihirli küpün yerine başka küp vermişsin, şimdi senden "sihirli sofra"yı istemeye geldim, onu verirsen hediyen makbul olur demiş.

Baba Bıldırcın bu işe bir anlam verememiş. İhtiyar adamı eli boş göndermemek için "sihirli sofra"yı ona hediye etmiş.

Yaşlı adam tekrar yola düşmüş. Az gitmiş, uz gitmiş, susuz kalmış, yorgun düşmüş, yine çöl sıcağında kavrulup daha önce uğradığı köye varmış. Sokakta oynayan çocuklara seslenmiş:

- Hey! Çocuklar, şu sofrayı alın. Ben biraz kestireyim. Sakın, "Açıl sofram" demeyin, diye onları tekrar tembihlemiş.

O uyuyunca çocuklar, "Açıl sofram" diye bağırmışlar. Bir de bakmışlar ki yedi çeşit yemek hazır olmuş. Çocuklar neşeyle sofraya kurulmuşlar ve leziz yemeklerden yemeye başlamışlar. Sofrayı topladıktan sonra içlerinden biri sofrayı evine götürmüş. Onun yerine de başka bir sofra getirip koymuş.

Yaşlı adam uyanınca toparlanıp sofrayı almış, yeniden yollara düşmüş ve evine gelmiş. Hanımına, "Hangi yemeği istersen, şimdi o yemek hazır olacak" demiş ve, "Açıl sofram" diye bağırmış, ama ortaya hiçbir yiyecek çıkmamış.

Yaşlı adamın canı iyiden iyiye sıkılmış, "Baba Bıldırcın beni ikinci defa aldattı, gidip ondan başka bir hediye daha isteyeyim" demiş ve ertesi sabah tekrar yollara düşmüş. Çobanın yanına gelince yaşadıklarını ona anlatmış. Çoban da ona,

- Şimdi de Baba Bıldırcın'dan "sihirli tokmağı" iste demiş. İhtiyar adam da Baba Bıldırcın'ın evine tekrar varmış, kapıyı üç kez çalmış. Baba Bıldırcın kapıyı açtığı vakit yaşlı adamı karşısında görünce çok öfkelenmiş,

- Sana "sihirli küpümü" verdim. Sonra "sihirli soframı" aldın, doymadın mı, daha ne istersin, diyerek azarlamış onu.

Yaşlı adam, "Beni bu sefer de kandırdın. 'Sihirli sofra'nın yerine başka bir sofra vermişsin. Şimdi senden bir şey isteyeceğim. Bana 'sihirli tokmağını' ver" demiş.

Baba Bıldırcın yaşlı adama, "Bu son olsun. Bir daha kapıma gelme" demiş ve ona istediğini vermiş.

Yaşlı adam "sihirli tokmağı" alıp yola düşmüş. Az gitmiş uz gitmiş. Güneşin uğramadığı vadilerden geçmiş, suyu olmayan yollar aşmış, nihayet tekrar uğradığı köye varmış. Orada oyun oynayan çocukları yanına çağırıp,

- Çocuklar, şu tokmağı tutun, ben biraz kestireyim. Ama sakın, "Vur tokmağım" demeyin, diye tembihlemiş. Adam uyuduktan sonra çocuklar meraklanıp, "Vur tokmağım" diye bağırmışlar.

Tokmak hepsine birden vurmaya başlamış. Çocukların çığlığına uyanan yaşlı adam koşarak yanlarına gelmiş. Çocuklar yanakları al al olmuş, yaşlar içinde,

- Dede, tokmağı durdur, demişler. Adam, "Dur tokmak" deyince, tokmak durmuş. Çocuklar başlarını mahcup bir yüz ifadesiyle önlerine eğip konuşmaya başlamış;

"Dede, senin küpünü de sofranı da alıp yerine başka bir küp ile başka bir sofra bırakan bizleriz. Özür dileriz!" deyince,

Yaşlı adam tebessüm ederek, "İlâhi çocuklar! Ben de bilmeden bir başkasını suçluyordum" demiş.

Yaşlı adam çocukları, "Biri size güvenip malını emanet ettiğinde, emanete sahip çıkın, kimsenin güvenini sarsmayın emi!" diye tembihlemiş son defa.

Çocuklar "tamam" diyerek adama söz vermişler. Sonra da koşarak evlerine gidip "sihirli küpü" ve "sihirli sofra"yı sahibine teslim etmişler. Yaşlı adam az gitmiş, uz gitmiş, göl dememiş, çöl dememiş, yürümüş. Yedinci günün akşamında evine varmış.

Yaşlı adam umutla, "Kayna küpüm" demiş. Küpten altın kaynayıp taşmış. "Açıl sofram" demiş, türlü türlü yiyecekler ortaya saçılmış. Karı koca sevinç içinde Allah'a şükretmişler. Ömürlerinde görmedikleri yiyecekleri yemişler. Ellerindekini başkalarıyla da paylaşmışlar ve çok mutlu, huzurlu bir hayat sürmüşler … Masalımız az gitmiş uz gitmiş. Şu karşıki tepenin ardında son bulmuş …

İKİ DOST

Karşıdan baktım bir hane, hanenin içinde merdane. Merdaneyi aldım elime, bir masal geldi dilime. Merdane, "Sen anlat ben dinlerim" dedi. Baktım ki etrafıma kediler, köpekler dizilmiş. Meğer bu masal, masalların içinde birinciymiş.

Bir varmış bir yokmuş. Çok eskiden Ali ile Veli adında iki arkadaş yaşarmış. Yedikleri içtikleri ayrı gitmezmiş. Beraber ağlayıp birlikte gülerlermiş. Bir gün Ali tarlada çalışırken sıcak havanın bunaltan haline dayanamamış. Geniş gövdeli bir çınar ağacının altına oturmuş. Derenin buz gibi suyunda soğuttuğu karpuzu kesip yarısını yemiş. Diğer yarısını da Veli'ye ayırmış ve bir süre daha dinlendikten sonra yeniden çalışmaya başlamış.

O çalışırken Veli de evinden çıkıp tarlaya gelmiş. Ali'ye seslenmeden çınar ağacının gövdesine yaslanmış ve yanı başındaki yarım karpuzu görünce,

"Dostum bunu bana bırakmış olmalı" deyip karpuzun kalanını yemek istemiş. Fakat karpuzun üstüne konmaya çalışan sineklerden ve arılardan oldukça rahatsız olmuş. Sineklere ve arılara kızarak, elindeki bıçağı bir o yana bir bu yana savurup onları başından kovmaya çalışmış. Sineklerden ve arılardan birkaçı kaçamayıp ölüvermiş.

Veli'nin yanına gelen Ali, arkadaşının elindeki bıçakla havadaki minik sinekleri nasıl kovaladığını bir süre izlemiş. Daha sonra onun yanına gelerek elini arkadaşının sırtına koymuş,

- Bu kahramanlığını her yerde anlatacağım, demiş. Veli gülerek,

"Altı üstü birkaç arı, üç beş sinek" demiş. Ali, "Olsun, ben yine de anlatacağım" diyerek, "Ben bugün bir hayli yoruldum dostum. Çarşıya doğru gideyim de hem biraz alış veriş yaparım hem de dinlenirim. Ben yokken ekim dikim işlerine sen devam edersin" deyip sürdürmüş sözünü. Çarşıya vardığında ise Veli'den bahsederken onu göklere çıkarmış:

Bir arkadaşım var, adı Veli

Kahramandır, sanmayın ki deli

Bir hamle ile devirir onunu birden

Düşmanlarımız çekinsin bu er kişiden.

Ali, her gittiği yerde bunu söyleyip durmuş. Veli'nin kahramanlık öyküsü saraya kadar ulaşınca devletli padişah da bu er kişiyi işitmiş. O günlerde savaş hazırlığında olan padişah, "Getirin hele, şu yiğidi bir de biz görelim" demiş. Padişah hemen bir ferman yazıp bu kahramanın bulunmasını emretmiş. Şehrin her yerine haberler salınmış. Davullar çalınmış, ferman okunmuş ve nihayet Veli'yi bulup padişahın huzuruna getirmişler.

Padişah bir eliyle Veli'yi gösterip, "Bu yiğide silah verin, kalkan verin, zırh verin, at verin. Sabah düşmanla karşılaşacağız. Çabuk olun" demiş.

Veli, padişahın adamlarıyla birlikte huzurdan çıkmış. Veli'nin boyu birazcık kısa imiş. Buna rağmen büyük bir at seçmiş. Daha önce hiç binmediği atı sakinleştirip geniş bir alanda fırtına gibi koşturmuş. Askerler aralarında, "Böylesine hızlı at süren bir yiğidi daha önce hiç görmedik" diye konuşmaya başlamış. Veli silahların bulunduğu yere götürülünce, büyük bir kılıcı seçip almış. Daha sonrasında kendi bedenine uygun bir zırh seçmiş. Fakat seçtiği zırh onu daha iri yapılı göstermiş.

Veli'nin aldığı kılıç, "İsfahani" denilen ve korkusuz yiğitlerin kullandığı kılıçmış, atı da "Yıldırım" denilen güzel bir at imiş. Zırhı da eski yiğitlerden kalma bir zırhmış.

Veli'nin her şeyin en güzelini seçip aldığını gören padişah ve adamları, "Bu genç, gerçekten korkusuz birine benziyor; pek çok atın ve silahın içinden, yiğitlere uygun olanını seçip aldı" diye aralarında konuşmuşlar.

Oysa Veli bunları bildiğinden yapmamış. Sadece hangisi hoşuna gidiyorsa onu seçip almış. Askerler saf tutup düşmanla karşılaşmak için hazırlıkları yapmışlar. Veli de atını yavaş yavaş yıldırım gibi koşturmaya hazırlanıyormuş. Fakat âniden patlayan bir topun sesinden ürken at kontrolden çıkıp dörtnala koşmaya başlamış. Sanki durmamak üzere koşan bu atın yavaşlaması oldukça zor görünüyormuş.

Öyle ki at, düşmanın safına doğru tıpkı ismi gibi yıldırım halinde koşuyormuş. Veli de bu defa gerçekten ne yapacağını bilemeden, çaresizce bağırıp çağırmaya başlamış. Hatta Veli'nin o gür sesi düşman saflarından bile duyuluyormuş.

Onun tek başına düşman üstüne yürüdüğünü gören padişah ve askerleri, topyekün saldırıya geçmişler. Düşmanı yenip ülkelerine geri dönmüşler. Padişah Veli'ye, "Ey yiğit, sen yanımızda olmasaydın, atlı birliklerimize öncülük etmeseydin belki de bu zaferi kazanamayacaktık. "Dile benden ne dilersen" demiş.

Veli de padişahtan, arkadaşı Ali'nin ve kendisinin bekâr olduğunu, düğün dernek kurup evlenmek istediklerini söylemiş. Padişah da onları vezirlerinin kızları ile evlendirmiş.

Bu olaydan sonra Veli, çok sevdiği dostu Ali'yi bir kenara çekip, "Arkadaşım, bir daha benden bahsederken aşırıya kaçma. Bende olmayan özellikleri söylemeye devam edersen, insanlar benden her zaman yapamayacağım şeyleri isterler. Buna da benim gücüm yetmez. Savaşta bir sıyrık bile almadan kurtulduysam, bu Allah'ın yardımı ile olmuştur" demiş ve Ali'den bu konuda söz almış.

UYANIK TAY

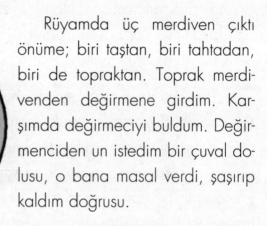

Rüyamda üç merdiven çıktı önüme; biri taştan, biri tahtadan, biri de topraktan. Toprak merdivenden değirmene girdim. Karşımda değirmeciyi buldum. Değirmenciden un istedim bir çuval dolusu, o bana masal verdi, şaşırıp kaldım doğrusu.

Bir varmış bir yokmuş. Evvel zaman içinde kalbur saman içinde aç bir kurt varmış. Bu kurt, türlü türlü hayaller kurarak kâh dağda bayırda kâh çölde kurakta gezermiş ve her defasında ağzını şapırdatarak şunu söylermiş:

- Bugün keçi mi yesem, koyun mu, yoksa birkaç tavuk mu?

Derken bir tepenin yamacında tek başına otlayan yabani bir tay görmüş. Gizlenerek tayın yanına kadar gitmiş.

Amacı, taya arkadan saldırıp onu etkisiz hale getirdikten sonra bir güzel afiyetle midesine indirmekmiş. Fakat işler kurdun istediği gibi gitmemiş. O tam avına saldıracağı sırada tay onu farketmiş. Kurt, avının panikleyip kaçacağını anlayınca, hemen bir yalan uydurmuş:

- Tay kardeş, sakın benden korkma! Şuracıkta uzanmış uyuyordum. Bu güneşli havalar beni iyice sersemletti. Her gün uyuşuk uyuşuk bir kenara kıvrılıp uyuyorum böyle. Senin sesine uyandım. Hemen gitme de biraz konuşalım. Hem uzunca bir zamandan bu yana kimselerle konuşmadım. Kendimi yalnız hissediyorum, arkadaş olalım, demiş.

Kurdun sözleri biraz inandırıcı gibi gelmiş olsa da tay onun bakışlarından kendisini kandırmaya çalıştığını anlamış ve arka ayaklarından birini kaldırıp kurda göstererek ona şöyle demiş:

- Toynağımın altında ne görüyorsun?

Kurt yerinden usulca kalkıp tayın dediği yere bakmak üzereyken uyanık tay, kurdun alnına bir çifte savurmuş. Acıyla "offf aman" diye bağıran ve sırt üstü yere düşen kurt, başının üstünde dönen yıldızları görünce, çenesini ovuşturarak, güçlükle konuşmuş:

- Bir sürü yıldız görüyorum, parlak olanlarından gözlerimi alamıyorum. Bana ne oldu böyle?

Tay da ona, "Başına güneş geçmiş senin kurt kardeş. Gündüz vakti ne yıldızı? Benim acelem var gidiyorum. Seni yıldızlarınla baş başa bırakıyorum. Artık onlarla arkadaşlık edersin" diyerek kurtla alay etmiş ve dörtnala koşarak gözden kaybolmuş.

Kurt bir zaman sonra kendine gelmiş. Başından geçenleri ne zaman hatırlasa hep bir yıldız hayal etmiş. Yine en parlak yıldız onun gözlerini kamaştırmış. Gündüz olmuş gece olmuş. Yıldızlar gökyüzüne fener olmuş. Uykusu gelen herkes bu yıldızları sayar olmuş. Masalımız da burada son bulmuş.

AK YILAN

Babam doğmadan önce dedemle büyük bir tavşan yakaladık. Ona güzel bir tasma yaptık. Tavşanımız aslan kadardı. Onu görenler hep gözlerini kapardı. Nereye gitsek onu da götürürdük. Gel zaman git zaman tavşan bize çok alıştı. Koş derdik koşardı. Dur derdik dururdu. Derken dedem, "Bir varmış bir yokmuş" diyerek masal anlatmaya başladı. Hele bir kulak verelim ne dedi? Tavşanımız bile dedemi dinledi.

Bir zamanlar bir padişah varmış. Bir gece ilginç bir rüya görmüş. Ertesi gün bütün memlekete haber salmış: "Kim huzuruma gelir de düşümde ne gördüğümü bilirse, ona 100 altın vereceğim" demiş.

Memleketin birinde fakir bir genç yaşarmış. "Padişahın rüyasını ben bilirsem zengin olurum" diyerek sarayın yolunu tutmuş. Yolda bir ak yılanla karşılaşmış. Yılan gence sormuş:

- Ey insanoğlu! Nereye gidiyorsun?

Genç, ak yılana padişahın rüyasını yorumlamaya gittiğini söyleyince yılan, " Ey genç, eğer ben padişahın düşünü sana söylersem, 100 altını bana verir misin?" demiş.

Genç içinden, "Demek ki onun bu paraya benden daha çok ihtiyacı var" diye geçirmiş, sonra ak yılana dönüp,

- Hepsini getirip sana vereceğim, demiş.

Yılan da, "Padişah düşünde koyun gördü" diye söylemiş. Daha sonra yılanla genç vedalaşıp ayrılmışlar. Ak yılan, kendi yoluna gitmiş. Az kıvrılmış uz kıvrılmış. Toprağın içinden geçmiş, kayaların dibinden gitmiş. Genç de saraya varmak için var gücüyle adımlarını sıklaştırıp akşam olmadan padişahın huzuruna çıkmış. Genç, padişaha selâm vermiş. Padişah da onun selâmını alıp gence şöyle demiş:

- Ey genç! Düşüm görünmezdir ama bilinmez değildir. Şimdi söyle bakalım ben düşümde ne gördüm?

- Padişahım, koyun gördünüz.

Padişah düşünü bildiği için şaşkınlığını gizleyemediği bu gence hemen 100 altını verdirmiş. Genç de sevinçle saraydan çıkıp ak yılanı aramaya koyulmuş. Dağlar, tepeler gezmiş. Kayaların oyuklarına, mağaraların içlerine bakmış. Derken yılanı bir nehrin kenarında buluvermiş. Elindeki altın kesesini yılana uzatınca, yılan tıslayarak şöyle demiş:

Benim altınla, parayla işim olmaz. Arkadaşım çıngıraklı yılan, "Bu zamanda sözünde duran insanoğlu kalmadı!" dediğinde ben de ona bu düşüncesinin yanlış olduğunu söylemiştim. Biz aramızda bunları konuşurken sen de tam saraya gitmek üzereydin.

Allah'ın izniyle biz hayvanlar insanların bazı rüyalarını ve düşüncelerini biliriz. Çıngıraklı yılan seni görünce,

- İşte şu insanoğlu saraya gidiyor. Padişahın rüyasını bilip zengin olmak istiyor. Ona padişahın rüyasını söyleyip altınları sana getirmesini söylediğinde, bakalım sözünde duracak mı, demişti.

Çok şükür, sen de benim yüzümü kara çıkarmadın. Şu az ötedeki çalılığa bakarsan arkadaşımı görürsün, demiş.

Fakir genç, çalılığa doğru baktığında çıngıraklı yılanı görmüş. Çıngıraklı yılan da gence bakıp şöyle demiş:

"Ey genç, sen bu davranışınla beni yanlış bir düşünceden kurtardın. Hep böyle dürüst ol emi!" diyerek nehrin kenarına doğru yönelmiş. Ak yılan da gencin yanından ayrılarak çıngıraklı yılanı takip etmiş.

Genç de güle oynaya evine gitmiş. Zenginliğini diğer insanlarla da paylaşmış ve dürüst biri olarak yaşamaya devam etmiş. Ak yılan ve çıngıraklı yılan da neşeyle kış uykusu için yer aramaya başlamış. En sonunda büyük bir taşın altında uyumaya karar vermişler. Masalımıza da burada son vermişler. Onlar mışıl mışıl uyusunlar. Erken yatanların uykuları tatlansın.

AYI ile SERVİ KUŞU

Anam eşikte iken, babam beşikte iken, anam ağlar, anamı sallardım. Babam ağlar, babamı sallardım. Derken, babam düştü beşikten, ben hopladım eşikten.

Anam kaptı maşayı, babam kaptı meşeyi. Dolandırdılar bana dört bir köşeyi. Ben de dağa sürdüm eşeği. Ne yollar eskittim, nice sazlıklar geçtim, en sonunda Kafdağı'na vardım. Bu masalı yedi başlı ejderhadan aldım.

Bir varmış bir yokmuş. Eski zamanların birinde, ayı ile servi kuşu dost olmuşlar. Onların dostluğu bir çam kozalağı ile başlamış.

Günlerden bir gün ayı, canı çok istemesine rağmen çam ağacına çıkıp ağacın dallarındaki fıstıklara bir türlü ulaşamamış.

Kendisi iri yapılı olduğu için ince dallar üzerinde bulunan yemişlere, fıstıklara yutkunarak bakıyormuş. Derken başına bir kozalak düşmüş. Ayı başını kaldırıp ağacın tepesine bakınca,

"Ben size bir kozalak düşürdüm, afiyetle yiyin" diyen servi kuşunu görmüş.

Ayı iki ayağının üstüne durmuş, düşen kozalağı sağ eline alıp, sevincinden alkış tutarak şöyle demiş:

- Kuşlar içinde senin gibisine bu zamana kadar hiç rastlamadım!

Böyle bir övgüyü alan servi kuşu çok sevinmiş. Çünkü daha önce tarla farelerine ve diğer orman canlılarına da kozalak düşürmüş, ama hiçbiri ona teşekkür etmemiş. Hatta onların şöyle dediklerini duyarmış:

"Kozalağın iyisini aç gözlü servi kuşu yiyor, içi geçmişini bize bırakıyor."

Servi kuşu bu sevinçle çam ağacının kozalaklarının hepsini düşürmüş. Ayı da bu kozalakları çekirdek yer gibi çitleyerek servi kuşuna şöyle demiş:

- İkimiz bu günden

itibaren dost olalım. Yavrularımıza bu dostluktan bahsedelim ki birbirleriyle iyi geçinsinler, hiçbir zaman kavga etmesinler.

Böylece ayı ile servi kuşu uzun zaman dost olarak yaşamışlar, birbirlerine çok güvenmişler. Ayı, geniş gövdeli çam ağaçlarını sarsıp kozalak düşürür olmuş. Bir defasında alabildiğince geniş, yemyeşil otlakta geniş dallı, güzel mi güzel genç bir çam ağacı duruyormuş. Başındaki kozalaklardan dalları sarkıyormuş. Ayı servi kuşuna,

- Bu çam ağacının kozalaklarını düşüreyim, sen de topla, demiş. Servi kuşu kanatlarını çırpıp,

- Buranın otu çok sık. Kozalakları tek başıma toplayamam. Yavrularım ile akrabalarımı da çağırayım mı?" demiş.

Ayı kocaman ağzını açarak, "Çağır çağır, hepsi gelsin"

demiş.

Ayı çam ağacına çıkmış, soluması uzaklardan duyuluyormuş. Ağırlığından çam ağacının kuru dalları neredeyse kırılmak üzereymiş. Servi kuşu ise uzun uzun öterek yavrularını ve akrabalarını yanına çağırmış.

Ayı çam ağacındaki kozalakların hepsini düşürerek yere inmiş. Bir de bakmış ki bir tek kozalak bile yok. Bütün kozalakları servi kuşunun akrabaları ve yavruları aralarında paylaşıp ormana gitmiş. Ayı, biraz öfkeyle ve daha çok üzüntüyle servi kuşuna şöyle demiş:

- Bu zamana kadar hep birlikte, kardeş kardeş paylaştık yemişlerimizi. Şimdi ne oldu da böyle yaptınız?

Servi kuşu ayı kardeşin böylesine üzüldüğünü görünce, yaptığının çok yanlış olduğunu anlamış ve diğer akrabalarına da bundan böyle her yiyeceğin adil bir şekilde paylaştırılacağını söylemiş. Ayı kardeşin canla başla mücadele edip döktüğü kozalaklardan payına düşenini getirmişler. Ayı da onların bu dost canlısı, sevecen yaklaşımını çok samimi bularak servi kuşunu affetmiş. Onlar hep birlikte huzur içinde yaşarken bize de paylaştığımız her şeyle daha mutlu yaşamak düşmüş. Masalımız burada son bulmuş.

ASLAN YÜREKLİ FARE

Enteşeden menteşeden, masalcı dedem seslenir başköşeden. Vardım dedemin yanına, oturdum divanına, o anlattı ben dinledim, bu masaldan çok şey öğrendim.

Bir varmış bir yokmuş. Zamanın evvelinde, kalburun tellerinde, bir yüce dağın eteklerinde kibirli bir aslan yaşarmış. Bu aslan sık sık göl kenarına gidip suda kendini seyredermiş. Yelelerini sallayıp kendi kendine şöyle dermiş:

Ne kadar da güçlüyüm

Ormanın en büyüğüyüm!

Kibirli aslan yine böyle bir günde göl kenarında kendini seyredip dururken oradan geçmekte olan minik bir fare onun kuyruğuna basmış. Sen misin aslanın kuyruğuna basan?

Tabii bizim kendini beğenmiş aslan, kuyruğunu kirlettiği için fareye öfkeyle saldırmış ve kükreyip fareyi pençesinin içine almış. Tam öldüreceği sırada fare aslana yalvarmaya başlamış:

Bırak beni gideyim

Ben küçücük bir fareyim

Bu iyiliğini asla unutmam

Dara düşsen seni yalnız bırakmam!

Aslan, farenin bu sözlerine katıla katıla gülmüş. Sonra fareye şöyle demiş:

Sen küçük bir faresin

Bense kocaman bir aslan

Anlamadım gitti

Bana nasıl dokunur bir faydan?

Aslan bakmış ki fare korkudan ezilip büzülüyor, merhamet ederek onu salıvermiş. Fare de sevinerek oradan uzaklaşmış.

Derelerden su akmış, gün doğmuş gün batmış, aradan bir hayli zaman geçmiş. Aslan yine göl kenarına giderken avcıların kurduğu tuzağa yakalanmış.

Çırpınmış olmamış, bağırmış olmamış, büyük gövdesinin hiçbir işe yaramadığını görünce çaresizlik içinde, son bir kez o çok güvendiği pençelerini açıp tuzağı parçalamak istemiş. Ama ne yaptıysa bu tuzaktan kendini kurtaramamış. Aslanın sesini duyan küçük fare koşarak tuzağın yanına gelmiş. Uzun ve jilet gibi keskin dişleriyle tuzağın iplerini kemirerek parçalamış.

Tuzaktan kurtulan aslan, fareye, "Küçüksün ama aslan gibi bir yüreğin var" demiş.

Aslan, fareye teşekkür edip hemen oradan uzaklaşmış. Bir daha büyüklük taslayıp kimseyi hor görmemiş. Ormanındaki komşularını koruyup kollamış. Fareyle çok iyi dost olmuşlar. Onlar mutluluğa ermiş, masalımız da burada bitmiş.

ÜÇ YAVRULU KEÇİ

Sarı katır saman yemez, git derim gitmez, gel derim gelmez. Bir tutam ot verdim düştü peşime, birlikte çıktık yaylaya. Katır yaylada yayıla dursun, ben size bir masal anlatayım. Masalıma bir tekerleme ile başlayayım.

Evvel zaman içinde, kalbur saman içinde, develer tellal iken, pireler berber iken, ben ninemin beşiğini tıngır mıngır sallar iken, bir keçi üç yavrusu ile kulübesinde yaşıyormuş. Bu keçi yavrularına her zaman,

"Ben evde yokken tanımadığınız kimseye kapıyı açmayın" diye tembihte bulunurmuş.

Keçi, gündüzleri dağda, bayırda yer içer, güler, oynar, akşam olunca da şarkı söyleyerek yavrularının yanına dönermiş:

Dağdan dağa gezerim

Dağ meyveleri toplarım.

Kırdan kıra gezerim,

Kır meyveleri toplarım.

Kapıyı açınız yavrularım

Anneniz geldiii...

Keçinin yavruları kapıyı açıp annelerini içeri alırlarmış. Anneleri de kulübeye girer, yavrularını emzirip karınlarını doyururmuş. Küçük kulübelerinde huzur içinde yaşarlarmış. Çünkü onları yağmur ıslatmazmış, yel de üşütmezmiş; karınları tok, üstleri başları pekmiş. Evleri, kış gelip çattığında sıcacık olurmuş. Yaz gelip kurulduğunda pek bir serin olurmuş. Bizim keçiler böylece dertsiz, tasasız yaşarlarmış.

Gel zaman git zaman. Bir düşmanları varmış yaman mı yaman! O civarda yaşayan bir kurt, uzun zamandır bu keçi ailesini gözetliyormuş. Keçinin akşamları eve dönerken söylediği şarkıyı bile ezberlemiş.

Bir gün keçi, evinden çıkıp gidince kurt, keçinin kılığına bürünüp şarkı söyleyerek kulübenin kapısına varmış:

Dağdan dağa gezerim

Dağ meyveleri toplarım.

Kırdan kıra gezerim,

Kır meyveleri toplarım.

Kapıyı açınız yavrularım

Anneniiiz, geeel diiii...

Keçinin yavruları onu duymuşlar ama kapıyı açmamışlar ve şöyle demişler:

"Sen bizim annemiz değilsin! Hem senin sesin çok cırtlak, hem de biz tanımadığımız kimseye kapıyı açmayız!"

İnatçı kurt akşama kadar kapının önünden ayrılmamış. Keçinin yavrularını kandırmak için ne diller dökmüş, ne yalanlar söylemişse de yavruları kandırmayı başaramamış. Akşam olunca anne keçi, evinin önüne gelmiş, kurdu kapıda görünce çok öfkelenmiş.

Geri gitmiş, beri gitmiş, ayaklarını yere sürtmüş, tozu toprağı ardına katmış ve yay gibi gerilip ok gibi kurdun

üstüne fırlamış. Kurda bir boynuz darbesi indirmiş. İnatçı kurt, havada taklalar atarak uçmuş. O kadar uçmuş ki gözlerini daha önce gelmediği bir yerde açmış. Ne kadar yol gitse hep şaşmış. Kendine bir türlü gelememiş. Böylelikle bir daha keçi ailesini hiç rahatsız etmemiş. Keçi de kulübesine girip yavrularını emzirmiş, karınlarını doyurmuş, onlarla birlikte mışıl mışıl uyumuş ...

YALANCI ARKADAŞ

Masal masal martladı, masal küpü çatladı, masal masal maniki, parmağı var on iki, on ikinin yarısı, beş tilkinin derisi. Biz masalımıza başlayalım, sonra gelir gerisi ...

Bir varmış bir yokmuş. Çok eski zamanlarda bir ayı ile bir tilki arkadaş olmuş. Aynı orman içinde kavga etmeden uzun yıllar dostça yaşamışlar. Yıllar geçtikçe ayı yaşlanmış, yürüyemez olmuş. Bu iki arkadaşın zor günler için sakladığı küp küp balları ile küp küp tereyağları varmış.

Günlerden bir gün tilki evinden sessizce çıkıp bal ve tereyağı küplerinin yanına gitmiş. Akşama kadar karnını tıka basa doldurmuş ve karnının şişliğinden zor da olsa yürüyüp evine dönmüş. Tilkinin nereye gittiğini merak eden ayı, arkadaşına kibarca sormuş:

- Tilki kardeş, beni merakta bıraktın. Bu zamana kadar neredeydin? Sabahtan bu yana hep seni aradım.

- Şu bizim karşıki köyün arkalarında bir tepe var ya hani. İşte oranın da ardında iki vadi içine kurulmuş bir köy var.

O köye gittim. Yakın bir dostumun çocukları doğmuş, onun çocuğuna isim koydum!

- Çocuğun adını ne koydun?

- Başladım.

"Garip bir isim" diye dudak bükmüş ayı.

Ertesi gün tilki erkenden kalkmış, evinden sessizce çıkıp küplerin yanına gitmiş. Gene tıka basa yiyip eve geri dönmüş. Ayı tilkiye tekrar sormuş:

- Tilki kardeş, beni yine merakta bıraktın. Akşam vaktine kadar nerelerdeydin?

- Şu bizim büyükçe bir tepe var ya hani. Oranın da arkasından yükselen sivri bir dağ var. İşte o dağın yamaçlarına kurulmuş küçük şirin bir köy var. Eskiden çok sık giderdim de artık çabuk yorulduğumdan pek gidemiyorum. Uzun zamandır varamadığım o köye gittim. Dostlarımla hasret giderdim. Gene yakın bir arkadaşımın çocuğu doğmuş, onun çocuğuna isim koydum.

- Çocuğun adını ne koydun?

- Yarıladım.

- Sen de hep garip isimler buluyorsun, diye gülümsemiş ayı.

Gece olmuş. Ayı ile tilki yıldızları sayarak uyumuşlar. Tilki yine erkenden kalkıp küplerin yanına gitmiş. Gene akşam olunca eve dönmüş. Ayı bu kez şüpheyle sormuş:

- Nereye gittin?

- Sana dün tarif ettiğim köyün öteki başından akıp geçen bir nehir var. İşte o nehrin hemen karşı kıyısında başka bir köy daha var. Eski dostlarımdan birinin karısı doğum yapmış. Çocuklarına isim koymaya çağırmışlardı, oraya gittim.

Ayı hiddetle,

- Bakıyorum da işi gücü bıraktın, sabahtan akşama yeni doğan çocuklara isim koymak için geziyorsun. Söyle bakalım, çocuğun ismini ne koydun?

Tilki, yutkunarak konuşmuş:

- Bitirdim!

Ayı kaşlarını çatıp, "Üç gündür köy köy geziyorsun da bana yiyecek bir şeyler getirmiyorsun!" deyince, tilki suspus olmuş.

Ayı, tilkiden iyice şüphelenmiş. Ertesi sabah tilkiden önce uyanıp küpleri sakladıkları yere gitmiş. Bir de bakmış ki küpler tam takır kuru bakır. Ayı, o günden sonra eve dönmeyip yaşamak için başka ormanlara doğru yola çıkmış. Kendisinden nasihat isteyenlere hep şöyle dermiş:

Hilekârlarla arkadaşlık kurmayın. Yalancılardan olmayın!... Hem yalan er geç ortaya çıkan bir şeydir. Doğru ve güvenilir bir insan olmak her güzel şeyin anahtarıdır.

SAKSAĞAN ile KIVIRCIK SİNCAP

Beyaz ile başladım, yeşil ile işledim, bu masalı anlatmak için güzel bir orman düşledim. Bir varmış bir yokmuş. İçinde çeşit çeşit ağaçların ve birbirinden sevimli hayvanların bulunduğu bir orman varmış. Bu ormanda yaşayanlar arasında yerinde duramayan, daldan dala pır pır uçan, arkadaşlarına olur olmaz şakalar yapan ala bir saksağan da varmış.

Ala Saksağan arkadaşlarının yanına gittiğinde onlara, olur olmaz şeyler söyleyerek huzur kaçırırmış. Bir gün tavşanlara şöyle demiş:

- Duydunuz mu uzun kulaklar?

- Ne, ne oldu, diye ürkmüş tavşanlar.

- Sığırcıklar, alacakargalar, göç mevsimi başlamadan başka ülkelere doğru uçup gittiler.

Saksağan şüpheci bakışlarla sağa sola bakınıp telaşlı konuşmasını sürdürmüş:

- Göç mevsimi henüz başlamadan başka ormanlara neden gidiyorlar? Ben de bu ormanda yaşıyorum, ama bu zamana kadar hiç göç mevsimi dışında evimden ayrılmadım. Bu ormanda çok garip şeyler oluyor, çoook!...

Acaba bir kötülük mü gelecek başımıza, diye düşünmüş herkes. Kargaların ve sığırcıkların öbek öbek göç etmelerine anlam verememiş kimse.

Saksağan böyle, günlerce ormanın içinde uçarak her gördüğü hayvana kargaların ve sığırcıkların neden telaşla ormandan kaçıp gittiğini sorup durmuş. Birçok arkadaşı, hep bir ağızdan, "Hayırdır inşallah" diye cevap vermiş.

Bir sabah güneş, tepelerin ardından parıl parıl doğarken ormanda yangın çıktığı haberi her hayvanı telaşa sokmuş. Sincaplar, tavşanlar, aslanlar, kuşlar, ayılar, arılar can havliyle nereye kaçacağını bilememiş. Bizim Ala Saksağan ise hâlâ ağacının kovuğunda uyumaktaymış. Yangının kendi bölgesinden uzakta olduğunu ve evine hiç ulaşmayacağını düşünen Ala Saksağan hiç istifini bozmadan uykusuna devam etmiş. Derken komşularından Kıvırcık Sincap onu uyandırmak için var gücüyle kapısını çalmış.

Ala Saksağan uyuşuk bir tavırla, "Beni rahat bırak" deyince Kıvırcık Sincap, "Ormanımız yanıyor. Sen yan gelmiş yatıyorsun. Haydi kalk bir an önce su

taşıyalım yangın yerine" demiş. Ala Saksağan, arkadaşı Kıvırcık Sincap'a yangının kendi evine ulaşma ihtimalinin olmadığını söylemiş. Kıvırcık Sincap üzüntü içinde boynunu büküp içten içe, "Ne kadar duyarsız bir komşum varmış benim. Sadece kendini düşünüyor" diyerek yangının çıktığı yere doğru yola çıkmış. Bir zaman sonra yangın iyice büyümeye başlamış ve kara dumanlar Ala Saksağan'ın evine kadar ulaşmış.

Dumanların ormanın her bir yanını sardığını gören Ala Saksağan büyük korkuya kapılmış. O anda yaptığı davranışın doğru olmadığını anlamış ve Kıvırcık Sincab'ın hemen arkasından uçmaya başlamış. Derken onu dere kenarında su alırken görmüş ve hemen yanına konarak,

"Sevgili dostum bencil davranışımdan dolayı özür dilerim" diyerek komşusunun gönlünü almaya çalışmış. Daha sonra gagasıyla tuttuğu kendisi gibi küçük bir kovayı derenin içine daldırıp çıkartmış.

Kıvırcık Sincap ve Ala Saksağan taşıdıkları suyla birlikte yangın yerine doğru yol almış. Ormandaki birçok hayvanın çabalarıyla fazla yayılmadan söndürülen yangının ardından herkes neşe içinde ve güvenle evlerinin yolunu tutmuş. Birlikte hareket etmenin ve yardımlaşmanın çok önemli olduğunu bir kez daha anlayan sevimli hayvanlar hep kardeşçe yaşamışlar.

Masalımız da burada son bulmuş. Tatlı çocuklara şekerli iyi uykular ...

TİLKİNİN OYUNUNU BOZAN DEVE

Bir iğne buldum kör kuyunun dibinde. İğneyi alırken kuyu dile geldi, "Sana bir masal vereyim, sen de iğnemi bırak" dedi. Verdim iğneyi, aldım masalı, geçtim aynanın karşısına. Ben anlattım o dinledi, ayna bana gülümsedi ...

Bir varmış bir yokmuş. Evvel zaman içinde, kalbur saman içinde, uzun kuyruklu tilki kırda dolaşırken bir deveyle karşılaşmış. İkisi arkadaş olmuşlar ve yollarına devam etmişler. Onlar yolda giderken bir kurtla karşılaşmışlar ve onunla da arkadaş olmuşlar. Üçü birlikte giderken önlerine bir aslan çıkmış. Onu da yanlarına aldıklarında, "Dört olduk, tamam olduk" diyerek sevinmişler.

Az gitmişler uz gitmişler, dere tepe düz gitmişler. Nice dar yollardan, susuz topraklardan, dik yamaçlardan yürümüşler. Yol boyunca bol bol ot yiyip, kana kana su içen deve iyice semirmiş, iki hörgücü iki davul büyüklüğünde olmuş. Bu arada tilki, kurt ve aslan günlerce karınlarını doyuracak bir av bulamamışlar. Bitkin bir halde sallana sallana çukurlu yollardan ine çıka, çamurlu yollardan bata çıka ilerlemişler ve bir zaman sonra neredeyse adım atmaya güçleri bile kalmamış. Gün geçtikçe zayıflayıp bir deri bir kemik kalmışlar. Sonunda deveyi kandırıp onu yemeye karar vermişler. Deveden gizli plan yapmaya başlamışlar. Devenin duymaması için de hep kulaktan kulağa konuşmuşlar.

"Durup dururken üzerine saldırmamız doğru olmaz" demiş aslan.

"Bizden şüphelenmeden onu nasıl kandırabiliriz ki?" diye sormuş kurt.

Kurnaz tilki hemen ortaya atılmış: "Bu işi bana bırakın. Ben onu kandırırım" demiş sırıtarak.

Aslan da kurt da, "Eh, öyleyse tamam! Biz seni deve ile yalnız bırakalım" demişler ve birlikte oradan uzaklaşmışlar. Tilki, az ileride otlayan devenin yanına gelmiş ve hıçkıra hıçkıra ağlamaya başlamış. Hiçbir şeyden haberi olmayan deve, tilkinin bu haline şaşırıp sormuş:

- Tilkiciğim, canım kardeşim, niçin ağlıyorsun?

- Ben ağlamayayım da kimler ağlasın? Bir grup avcı bu tarafa doğru geliyormuş. Aslan ile kurt, bize ne kadar yaklaştıklarını kontrol etmek için gittiler. Sen, iri yapılı ve çok uzunsun. Rahatlıkla uzaktan onları farkedebilirsin. Avcıların hepimizi birer birer yakalamasını ister misin?

Deve korkuya kapılmış:

- Tilkiciğim, söyle ne yapalım?

Tilki gözlerini kısarak, "Önce yere yatacaksın, ben de ayaklarını bağlayacağım. Avcılar seni bağlı gördüğünde hemen yanına gelecek. Bu arada ben, aslan ve kurt çalılıkların içine saklanacağız. Sonra avcıların boş bir anında onların hemen ayaklarını çözeceğiz" demiş. Deve şüpheyle tilkinin gözlerinin içine bakmış. Tilki, gözlerini başka bir tarafa çevirmiş.

Deve içinden, "Anlaşılan sen beni kandırıp, aslan ile kurda boğdurtmak istiyorsun. Senin oyununu bozacağım" demiş, ardından tilkiye,

- Hey, tilki kardeş, çok güzel düşünmüşsün. Yalnız, beni bağlayacağın ip kalın ve uzun olsun ki avcıların ayak seslerini duyduğumda telaşlanıp ayağa kalkmayayım.

Tilki heyecanla başını sallamış,

- Çok doğru söylüyorsun. Hemen aslan ve kurda haber vereyim, onlar da senin tarif ettiğin gibi bir ip arasınlar. Sen buradan ayrılma emi! Biz birkaç saate kalmaz ipi bulup geliriz, demiş.

"Tamam" diyerek başını sallamış deve. Tilki de koşarak aslan ile kurdun yanına gitmiş. Deve yalnız kalınca, başka bir yöne doğru hızlı adımlarla yürümüş. Ayakları patlayana kadar koşmuş koşmuş. Düşmüş, kalkmış, oturmuş, yatmış ve tam üç gün sonra bir köye varmış. Bu köyde kendi için bir yuva bulmuş. Köyde yaşayan insanlar da deveyi çok sevmiş. Deve o günden sonra arkadaş-

larını seçerken onların dürüst ve güvenilir olmalarına hep dikkat etmiş.

Gelelim tilki, kurt ve aslana. Onlar da oyunlarının boşa çıktığını anlamışlar. Birbirlerinden ayrılıp kendi sürülerini kurmuşlar. Kurnazlığın her zaman işe yaramadığını görmüşler. Kışın kışlıkta, baharda çiçekli kırda, yazın yazlıkta aileleriyle birlikte ömür tüketmişler. Masalımızı da burada bitirmişler.

YALANCI KURT

Kurt kapanı kurt kapanı, dürüst olan söyler mi yalanı? Topladım hısım akrabamı, açtım kitabımı. Dinleyin hele onlara ne okudum. Doğmamış torunum ile halı dokudum.

Bir varmış bir yokmuş. Günlerden bir gün bir kişi ava çıkmış. Ladin ağacının dibine çadır kurup oturmuş. Pusu kurduğu yere bir kurt gelmiş. Avcı kurda silahını doğrulttuğunda kurt dile gelip şöyle demiş:

"Beni vurma, belki sana faydam dokunur."

Avcı, kurda acıyıp onu serbest bırakmış. Kurt da sevinçle kuyruğunu sallayarak oradan uzaklaşmış. Akşam olup hava kararınca, kurt geri gelip çadırın etrafında dolaşmaya başlamış. Avcının uyumasını bekliyormuş.

Avcı, yatmadan önce etrafa bir göz atarken kurdu farketmiş. Kurt, çabuk davranıp avcının üstüne atlamış ve onu yere düşürmüş. Avcı kurda,

- Ben sana iyilik yaptım, sen bana kötülük ediyorsun. Niçin verdiğin sözde durmuyorsun, demiş.

Kurt da, "Seni kandırdım, sen de bana hemen inandın. Şimdi yemek zamanı" deyip ağzının sularını akıta akıta keyifle bir kahkaha atmış. Oradan geçmekte olan bir tilki, kurdun kahkasını duymuş ve yaygarayı kopartmış:

Beş on avcı geliyor

Köpekleri havlıyor

Hey aç kurt

Kaç kaç kurt!

Kurt şaşırıp etrafına bakınmış. Avcı da hızlıca yerden kalkmış ve kurdun kuyruğundan tutup çekmiş. Kurt, can havliyle öyle bir koşmuş ki yedi tepe birden aşmış. Nereye gideceğini şaşırmış. Kurbağa gibi zıplamış, çekirge gibi atlamış, çok geçmeden yüz üstü yere kapaklanmış.

Avcı, tilkiye niçin kendisini kurtardığını sorduğunda tilki şöyle cevap vermiş:

- O kurt herkesi kandırıp duruyordu. Umarım bu olaydan ders alır da bir daha yalan konuşup kimseyi kandırmaz.

Avcı, tilkiye teşekkür ettikten sonra kuş tüyünden yatağında tatlı tatlı rüyalar görmek için uyumuş. Bizim kurdu soracak olursanız, hâlâ yedi tepenin etrafında düşüp kalkıp, zıplaya atlaya, dönüp dolaşıyormuş. Bu güzel masalımız da burada bitiyormuş ...

ÇAKAL ile HOROZ

Bir varmış bir yokmuş. Ali Baba'nın bir çiftliği varmış. Çiftliğinde horozları, "üürüüü, üürüüü" diye ötermiş. İbikli bir horoz çıktı çitin üstüne, ben de kulak verdim onun sözüne ...

- Üürüüü, üürüüü" Benim adım İbikli Horoz. Geçen yaz bir uyanık çakal girdi kümesime ve beni kandırmak için başladı sözlerine:

- Selâm, hürmetli horoz! Senin atan ile benim atam, dost kalmış her zaman. Atam bana, " İbikli Horoz'u bul" diye nasihat etmişti. Ben de arayıp buldum seni. Uzun uzun ötsen de duysam o güzel sesini.

Çakala dedim ki: "Sen kurnaz bir hayvansın. Beni kandırmandan çekiniyorum. Yoksa neden seninle dost olmayayım ki?"

Çakal oyun edip beni şöyle kandırdı:

- Benden korkma! Sadece ötüşünü duymak istiyorum. Ondan sonra ben yoluma giderim, sen de kümesinde yaşamaya devam edersin. Gözlerini yum da öt bakalım, sesin gerçekten güzel miymiş?

Ben de yumdum gözümü,

Göğe tuttum yüzümü,

Başladım ahenkle ötmeye ... Kaç hane duydu şen sesimi? Öttüm öttüm hiç kesmedim nefesimi. Bakmadım o an çakalın sinsi gözlerine. Sesim her yerde yankılandı,

"Üürüüü, üürüüü..." diye...

Çakal, fırsat bu fırsat deyip bir pençe atıp aldı beni ağzına. Derken, çakalın sesini duyan çiftlikteki köpekler havlaya havlaya kümesin önüne geldiler. Köpek seslerini duyan çakal beni ağzından düşürdü ve korkudan tir tir titreyerek çiftlikten kaçtı gitti.

Ben de bir müddet sonra kendime geldim. Küçük bir sıyrıkla kurtulduğum için Allah'a şükrettim. Siz siz olun her tatlı söze kanmayın.

Akşam yatmadan sütünüzü içmeyi unutmayın ...

TİLKİ ile BILDIRCIN

Bir varmış bir yokmuş. Çok çok eski zamanlarda, kanatsız kuşlar uçarken, yapraksız ağaçlar yemiş verirken, ben dedemi beşikte tıngır mıngır sallarken, tilki ile bıldırcın arkadaş olmuşlar.

Bir gün tilki bıldırcına, "Arkadaşım, beni doyursana" demiş. Bıldırcın, kırda piknik yapmaya gelen bir ailenin yanına konmuş. O aile yanlarına kadar gelen bıldırcını görünce, ona daha yakından bakmak için oturdukları yerden kalkmış. Onlar yaklaştıkça bıldırcın uzaklaşmış. Bu sırada ortaya çıkan tilki, piknik sepetinde bulduklarıyla karnını doyurmuş.

Az gitmişler, uz gitmişler, dereyi, tepeyi geniş kanatlı Anka kuşunun üstünde geçmişler. Tilki gezmekten usanmış, bıldırcına dönüp,

"Şimdi de beni güldür" demiş.

Bıldırcın, az ileride bir kadının ala bir ineği sağmakta olduğunu görmüş. O kadının ve ineğin etrafında uçarak kadının dikkatini dağıtmış. Kadın bir elini ineği sağmak için kullanıyormuş, diğer elini de bıldırcını uzaklaştırmak için sağa sola savuruyormuş.

Ala inek huysuzlanmış. Kadın, âni bir hareketle süt dolu bakracı yere dökmüş. Zavallı kadının bütün emeği boşa gitmiş. Çalılıkların arkasında gizlenen tilki katıla katıla gülüyormuş. Bıldırcın ise kendi kendine,

"Neden tilkinin her istediğini yapıyorum. Onun yüzünden insanları üzüyorum" diye söylenmiş. Tilki ise bu durumdan hiç şikâyetçi değilmiş. Bu kez de bıldırcından kendisini korkutmasını istemiş. Bıldırcın öfkeyle:

- Yum gözünü, demiş. Tilki gözlerini yummuş. Biraz sonra da, "Aç gözünü" diye bağırmış.

Tilki, gözlerini açtığı vakit havlayıp duran dört köpeğin arasında kaldığını görmüş. Köpeklerin arasından yay gibi gerilip ok gibi fırlamış. Kaç köy geçmiş, ne geniş tepeler çıkmış, kim bilir hangi oyuklarda saklanmış?

Yorgunluktan tutmayan bacaklarıyla daha fazla yürüyememiş. Önüne çıkan ilk ağacın gölgesinde uykuya dalmış. Hatasını geç de olsa anlamış.

Bir daha arkadaşını ve diğer canlıları zor durumda bırakacak hiçbir istekte bulunmamış.

Ala inek üç bardak süt göndermiş. Birini bıldırcına, birini tilkiye, birini de masalı dinleyene verelim. Sütümüzü içtikten sonra uyuyalım, hayırlı, şeker tadında rüyalar görelim ...

AÇGÖZLÜ TİLKİ

Lildirim likli, burnu ilikli, bir masal uydurdum, kahramanı uzun kuyruklu bir tilki. Evvel zaman içinde, kalbur saman içinde, büyük orman içinde yaşayan açgözlü bir tilki varmış. Bu tilki, yer yer doymazmış. Gez gez usanmazmış. Gözünü ağaçların dallarından ayırmazmış.

Güneşli bir günde ormanda gezerken bir saksağan yuvası görmüş. Anne saksağan yavrularının tüylerini temizliyormuş. Onları şefkatle besleyip büyütmeye çalışıyormuş. Tilki, ağzının suyu aka aka o ağacın dibine gelmiş. Başını yukarı kaldırıp saksağana şöyle demiş:

"Bir yavrunu bana ver, vermezsen yuvanı yerle bir ederim!"

Saksağan ne yapacağını şaşırmış. Böyle bir isteği ne duymuş ne de görmüş. Tilkiye "Hiç anne yavrusunu bırakır mı?" demiş.

Tilki, "Ben bunları nasıl korkutsam bana yem olurlar?" diye mırıldana mırıldana evine dönmüş. Uzunca bir zamandır ziyafet çekemediğini düşündükçe iştahı kabaran açgözlü tilki ikinci gün tekrar aynı ağacın altına gelerek saksağana, "Bir yavrunu aşağıya at, atmazsan yukarı çıkıp bütün yavrularını yerim!" demiş.

Yavrular annelerine sımsıkı sarılmışlar. Anne saksağan öfkeyle tilkiye bağırmış:

"Git başımdan, açgözlü tilki. Sana yavrularımı yem etmem!"

Tilki sırıtarak, "Sen bilirsin. Ben su içip gelene kadar biraz düşün bakalım. Eğer aşağı bir yavrunu atmazsan, yukarı çıkıp hepinizi yiyeceğim" demiş. Saksağan içli içli ağlamaya başlamış. Çaresizce yardım edecek birilerini beklemiş durmuş. Ağlamaktan gözleri kan çanağına dönmüş. Tam bir saat sonra Saksağanın hıçkıra hıçkıra ağladığını duyan bir ayı çıkagelmiş.

Ayı, saksağana yardım etmek istercesine seslenmiş:

"Söyle, niçin ağlıyorsun? Yüreğimi dağlıyorsun."

Saksağan, kanadıyla göz yaşlarını silip ayıya şöyle demiş:

"Ah ayı kardeş, ayı kardeş
Şu aç gözlü tilki çok kalleş!
Benden yavrularımı istiyor.
Ağaca çıkıp yuvanı dağıtır, hepinizi yerim diyor."

Bu sözü duyan ayı katıla katıla gülmeye başlamış. Saksağan ayının bu rahat tavrına hiç anlam verememiş. Bizimle dalga geçiyor diye düşünmüş. Derken, ayı kardeş, saksağana şöyle akıl vermiş:

"Üzüldüğün şeye bak! Sen niçin yavrularını tilkiye veresin? O ağaca çıkamaz ki! Kurnazlık edip seni korkutmuş! Saksağan da, "Tabii ya. Ben bunu nasıl düşünemedim? Aklı sıra beni kandırmaya çalışmış kurnaz tilki."

Ayı, bunları söyledikten sonra yoluna devam etmiş. Bir müddet sonra da tilki çıkıp gelmiş ve saksağana, "Sana son bir şans daha veriyorum. Ya yavrularından birini bana verirsin ya da ben ağaca tırmanıp hepinizi birer birer yerim" demiş.

Saksağan gülerek, "Sana yavrumu vermiyorum. Haydi ağaca çık da görelim" demiş. Tilki, şey …ben … eee … diye kekelemiş. "Saksağan hilemi yutmadı" diye yakınıp kuyruğunu kısarak oradan uzaklaşmış ve bir daha saksağan ailesini rahatsız etmemiş …

SİNCAPLA SAKSAĞAN

Yürümedim, uçmadım, yüzmedim, gittim, gittim, gittim, Kafdağı'nda akşam ettim. Karşıma bir ormancı çıktı, ormancıya sordum; "Bu dağın akıllısı kimdir?" diye. Ormancı, "Dinle öyleyse" dedi, ben de yanına oturdum, bulutların üstünde uçurtma uçurdum ...

Bir varmış bir yokmuş. Kafdağı'nın eteklerinde minderleri buluttan, pencereleri şekerden, kapıları keşkülden evlerde sincapla saksağan kardeş kardeş yaşarmış. Sincap gündüzün kavurucu sıcağında, gecenin dondurucu soğuğunda, yorulmadan, usanmadan çalışmış ve kış için yiyecek hazırlamış. Saksağan ise o ağaç senin bu ağaç benim demeden gezip, ormanda boş boş gevezelik etmiş. Kış için yiyecek bulmak yerine irili ufaklı ağaçlarda, çeşit çeşit yemişlerin arasında keyif çatmaya devam etmiş.

Bizim sincap birbirinden lezzetli meyveleri, sebzeleri toplayıp soğuk geçecek bir kışın tedbirini yazdan almış bile.

O daldan bu dala kona kona, şarkılar, türküler söyleye söyleye pır pır uçup giden, bugününü düşünüp yarınını düşünmeyen saksağanımız da hâlâ keyif çatmaktaymış. Bir aralık kapı komşusu olan sincabın yanına varıp,

"Ey komşum, ormandaki bütün cevizleri ve mantarları toplayıp bitirmene imkân yok. Gelecek yıl tekrar olacaklar. Ben senin gibi açgözlü değilim. Karnım acıkırsa ne olursa bulup yerim" demiş,

Sincap ise hiç sesini çıkarmadan, gece gündüz çalışmaya devam etmiş. Güneş döne döne güz olmuş. Yağmurlar damla damla çoğalmış, ince ince yağıp camlarda şarkı çalmış. Şimşekler çakmış, ak bulutlar kararmış, evlerin bacalarından dumanlar tütmeye başlamış, yapraklar sararıp solmuş. Rüzgârlar da yağmuru sırtında gezdirmiş. Gökten inmiş, elbisesi pamuktan, dağdan aşmış pabuçları taştan, nehirden geçmiş saçları sudan. Böyle günler günleri kovalamış ve sonbahardan sonra soğuk kış da gelip çatmış. Yiyecek bulmak iyice güçleşmiş.

Saksağan bir o yana uçmuş, bir bu yana uçmuş, ne ağaçların dallarında meyve görmüş ne de toprakta tohum bulmuş. Artık günlerini yarı aç yarı tok geçiriyormuş. Günlerce hiçbir yerde yemiş bulamamış. Açlıktan karnı sırtına yapışmış. Açlığa dayanamayıp bir gün sincabın kapısını çalmış:

Aç kapıyı komşum benim
Gücüm yok uçmaya
Doludur ambarın senin
Mecalim yok uçmaya

Sincap, kapıyı açıp saksağanı buyur etmiş. Ona topladığı en güzel yiyeceklerden vermiş. Güzelce bir sofra kurmuşlar birlikte. Karpuzundan çileğine, kirazından eriğine her çeşit yemişle donatmışlar sofrayı. Afiyetle yedikten sonra şükürle kalkmışlar sofradan. Saksağan o kış, komşusu sincabın yardımıyla bir daha açlık çekmemiş.

Güneş döne döne bahar olmuş. Arılar vızıldamaya, kuzular geniş çayırlarda melemeye, kuşlar yeşil yeşil ağaçlarda cıvıl cıvıl ötmeye başlamış. Çiçekler açmış, çimenler bitmiş, yaz gelince ağaçlar meyveye durmuş. Sincap yeniden ambarını doldurmaya başlamış. Saksağan da boş durmamış; uzak yakın dememiş, bulduğu en güzel meyveleri sincaba getirmiş.

Saksağan şunu çok iyi anlamış; zorlu günler için ambarını doldurmak açgözlülük değildir. Akıllı kimse, elindeki kaynakları nasıl kullanacağını bilen kişidir ...

ÇEVİK KEDİ

Gökte salkım salkım olmuş bulutlar, bulutların üstünde kumrular yumurtlar. Aldım yumurtanın birini, kırıp içine baktım; kırk kanatlı, kırk dudaklı ve kırk tırnaklı bir ejderha ile göz göze geldim, Ejderha bana, "Bir masalım var, dinle" dedi. Konuşurken kırk dudağı birden yere değdi.

Bir varmış bir yokmuş. Bir zamanlar zümrüt yeşili ormanda bir kurt, bir tilki, bir fare ve bir tavşan yaşarmış. Bu zümrütten ormanda daha niceleri mutluluk içinde hayat bulurmuş. Fakat birçokları tilkiyi arkadaş olarak kabul etmezmiş. Tilki bir kurnazlık düşünmüş ve arkadaşlarına şöyle demiş:

"Sizinle arkadaş olmama müsaade etmediniz, ama benim sizden daha kuvvetli ve daha çevik olan bir kedi arkadaşım var.

Şimdi onun yanına gidip beni aranıza almadığınızı kendisine söyleyeceğim" diyerek yanlarından ayrılmış.

Kurt, tavşan ve fare daha önce kedi görmedikleri için korkuya kapılmışlar. Tavşan, çalılığın içine girmiş. Fare, kuru yaprakların altına saklanmış, kurt da evine çekilmiş.

Kedi, bir zaman sonra orman yolunda görünmüş. Sağa sola bakınarak ve kuyruğunu sallayarak yürüyormuş. Kedi, tavşanın saklandığı çalılığın üzerine bir kuşun konduğunu görünce heyecanlanmış.

Bir koşmuş, iki koşmuş, üç koşmuş, yün yumağı gibi yuvarlanıp durmuş derken kuşu yakalamak için çalılığın üstüne doğru atlamış. Bunu gören tavşan, kedinin kendisini tutmak için atladığını zannedip korku içinde koşmaya başlamış. Can havliyle koşarken tüylerinden birkaç parça çalılığa takılmış.

Kedi biraz daha yürümüş. Yıldırım gibi koşup, pamuk yumağı gibi yuvarlanmış. Kedimiz yuvarlana dursun, bu esnada kuru yaprakların altına saklanan farenin kulağına sinek konmuş. Fare sineği kovalamak için kulağını kaşıyınca kedi, kuru yaprak yığınının üstüne atlamış. Fare can havliyle öyle bir kaçmış ki ortalığı tozu dumana katmış. Tozdan topraktan göz gözü görmez olmuş.

Bir zaman sonra fare ile tavşan buğday tarlasında buluşmuşlar. Kedinin miyavlamasını duyunca tekrar koşmaya başlamışlar. Fare ile tavşan koşarlarken buğday başakları yüzlerine çarpıyormuş. Onlar da buğday başaklarını kedinin yumrukları sanıp daha da hızlı koşuyorlarmış. İkisi de buğday tarlasından sağ selâmet çıktıklarında kurdun yanına varmışlar.

Kurt onlara,

"Ne oldu?" diye sormuş. Tavşan soluk soluğa,

"Ne olacak, kedi üzerimize atladı, tüylerimden bir parça kopardı" demiş. Fare de nefes nefese,

"Bir de doksan dokuz tane yumruk vurdu" demiş.

Kurt uluyarak, "Böyle bir kediyi de ilk defa duyuyorum. Şu aslan parçası kediye bir de ben bakayım" demiş. Az gitmiş uz gitmiş, dereden gitmiş, tepeden gitmiş, orman bitmiş, çöl geçmiş, gece olmuş, gün bitmiş, sabah olmuş, öğle olmuş derken kediyi bir ağacın önünde buluvermiş. İlkin hiç de şaşırmamış. Çünkü bu kedi tavşanın ve farenin anlattığı kadar güçlü görünmüyormuş. Sonra kedinin yanına varıp, "Kedi kardeş, tavşan ve fare senden şikâyetçi oldu" demiş. Kedi biraz ürkmüş bir halde, "Ben onlarla sadece oyun oynamak istemiştim" der demez bir koşmuş, iki koşmuş, üç koşmuş, ardında sadece tozu toprağı koymuş. Kurt da, "Çelimsiz bir kedi gibi göründü gözüme ama oldukça çevik" demiş içinden. Kediyi soracak olursanız hâlâ koşmaktaymış, gene yün yumağı gibi yuvarlanmaktaymış ...

EJDER KUŞ

Tuttum pirenin birisini, kırdım ufağını irisini, davula geçirdim derisini, tüccara sattım gerisini ... Tüccardan aldım bir lamba, lambanın içinde bir damla, damlanın içinde bir derya, ben de açıldım denize, bu masalı bulup getirdim size.

Bir varmış bir yokmuş. Geçmiş zamanda, bir yüce dağın tepesinde korkunç bir mağara varmış. Bu mağarada "Ejder Kuş" yaşarmış. Ejder Kuş her akşam mağaradan çıkıp kuyruğunu pervane gibi döndürürmüş. O kadar hızlı uçarmış ki kimseler onu gökyüzünde göremezmiş. Sadece kuyruğundan çıkan kıvılcımlar görünürmüş. Onu görenler Ejder Kuş'a gözlerini kısarak bakarlarmış. Kanatları ateşten, tüyleri elmastan, gözleri zümrütten, ayakları inciden Ejder Kuş, gökyüzünden ışık hızında iner, her gece rüyalara konarmış.

Bir de bu Ejder Kuş, köylülerin bağ ve bahçelerine çok zarar verirmiş. Bulduğu meyve ve sebzeleri gagasıyla toplayıp yuvasına götürürmüş. Ejder Kuş'tan kurtulmak isteyen köylüler bu durumu padişaha bildirmişler. Padişah da,

"Her kim halkımı 'Ejder Kuş'tan kurtarırsa onu vezir yapacağım" diye bütün yurda haber salmış. Herkes pürdikkat bu haberi dinlemiş dinlemesine ama hiç kimse cesaret edip "Bu işi ben yaparım" diyememiş.

Ejder kuş bazı akşamlar şehrin yakınlarına kadar gelirmiş. Bu şehirde yaşayan "Aslan Yürek" adında yiğit bir delikanlı varmış. Aslan Yürek korkusuz bir avcıymış.

Günün birinde Aslan Yüreğin ünü padişahın kulaklarına kadar gitmiş. Bir gün padişah, adamlarını gönderip o yiğidi saraya çağırtmış. Aslan Yürekli yiğitten Ejder Kuş'u yakalamasını istemiş.

Aslan Yürek saraydan çıkıp Ejder Kuş'un sığındığı mağaraya doğru yol almış.

Az gitmiş, uz gitmiş, dere tepe düz gitmiş, yetmiş ova geçmiş, çayırında dinlenmiş. Yetmiş bayır inmiş, nicesini de çıkmış. Yolun sonuna varmadan küçük bir dere kenarında acıkmış. Önünde bir ceviz ağacı ... Hemen tırmanıp avuç avuç ceviz toplamış. Onları afiyetle yedikten sonra yetmiş nehir geçmiş, yetmiş kulaç atmış, kıyısından, ortasından aşmış ve nihayet mağaranın önüne kadar gelmiş.

Gün batıp, her yer karanlık olunca Ejder Kuş yuvasından kuyruğunu pervane gibi çevirerek dışarı çıkmış. Ejder Kuş'un tam sekiz tane kanadı varmış. O, kanat çırptıkça taş toprak sağa sola savruluyor ve ağaçlar kökünden kopuyormuş. Ejder Kuş ne kadar kanat vursa etraf daha da toz duman oluyormuş. Gecenin karanlığı da her yerin toz toprak olması da Aslan Yüreğin görmesine engel olmamış. Aslan Yürek sürekli havuç ve balık yiyerek güçlendirdiği gözleriyle Ejder Kuş'u iyice bir süzmüş ve sonra gizlendiği yerden gergedan boynuzundan yaptığı ok ile yayını çıkarmış. Yere bir ayağını dayayıp, Allah'tan yardım dileyip, Ejder Kuş'un tam alnını nişanlayıp yayını germiş ve okunu fırlatmış.

Ok, havada dönerek gitmiş ve Ejder Kuş'un alnının ortasındaki altın boynuza isabet etmiş. Altın boynuz düşünce Ejder Kuş küçük bir serçeye dönüşmüş. Meğer Ejder Kuş gücünü ve ışık kadar hızlı olmasını bu altın boynuza borçluymuş.

Aslan Yürek, Ejder Kuş'un altın boynuzunu cebine koyup mağaranın içine girmiş. Mağaranın başköşesinde büyük bir taşın parladığını görmüş. Onu bütün gücüyle kaldırmaya çalışmış, ama taşı yerinden kımıldatamamış. Taşın kenarındaki,

"Ben tılsımlı bir taşım, yüz bin pehlivan vursa da açılmam. Benim kilidim Ejder Kuş'un boynuzudur" diye yazan yazıyı oku-

yunca, elini cebine atmış ve altın boynuzla taşa dokunmuş. Büyük taş ikiye ayrılmış.

Bir de bakmış ne görsün? Taşın içinde güzeller güzeli bir kız oturuyormuş. O kızı oraya zamanında Ejder Kuş hapsetmiş. Özgürlüğüne kavuşan kız Aslan Yürek'e teşekkür etmiş. Aslan Yürek de kızı alarak saraya gitmiş.

Padişah söz verdiği gibi Aslan Yürek'i vezir yapmış, o kızla da evlendirip kendilerine bir köşk armağan etmiş ... Onlar ermişler muratlarına, biz de çabalayalım mutlu olmaya ...

TİLKİ TAVUKLARIN PADİŞAHI

Bir karpuz keseyim dedim, keserken çakım içine kaçıverdi. Elimi soktum, alamadım. Gözümü soktum, göremedim. Kendim girdim, yedi sene aradım, bulamadım. Yedi sene gezdim dolaştım, nihayet karpuzun kapısına ulaştım.

Vay bu ne çetin karpuz, ucu bucağı görünmez karpuz ...

Bir yanı sazlık samanlık

Bir yanı tozluk dumanlık

Bir yanında demirciler demir döver denk ile

Bir yanında boyacılar duvar boyar bin bir çeşit renk ile

Bir yanında ordular cenk eder top ile tüfek ile ...

Bir baktım ki bahçıvan elime bir kâğıt tutuşturmuş. Koydum kâğıdı cebime, kırk günde dönebildim evime, bir daha karpuz kesmek benim neyime!...

Bir varmış bir yokmuş. Evvel zaman içinde, kalbur saman içinde, asırlar asırlar önce, gündüzlerin gece, gecelerin gündüz olduğu, kışın yaz, yazın kış olduğu bir zamanda ayların bir ayında, günlerin bir gününde uyanık bir tilki rüyasında,

"Herkes duysun, duyduğuna uysun, tilki tavuklara padişah olsun!" diye bir ses duymuş ve sevinçle uyanmış. Heyecanla, eli ayağına dolaşan tilki rüyasını gerçek sanıp dışarı çıkmış, iki gözü iki çeşme, ne yaptığını bilmez bir halde bağırarak,

- Beni tavuklara padişah edecekler, demiş.

Bir gün ağlamış, iki gün ağlamış, üçüncü gün yanakları tuzdan bir göle dönüşmek üzereyken gökte uçup gitmekte olan bir turna bunun sesini duyup karşısına konmuş.

Turna,

"Niye ağlıyorsun tilki kardeş" diye sormuş.

Tilki de,

"Beni tavuklara padişah edecekler, onun için ağlıyorum" demiş.

Turna, "Açlık senin başına vurmuş. Ondan böyle sayıklıyorsun" diyerek havalanmış. Dördüncü gün olmuş. Tilki hâlâ ağlamaktaymış. Gözleri kıpkırmızı, yanakları oyuk oyuk olmuş. Tilki yanından geçen herkese bu rüyasını sayıklar olmuş.

Birkaç gün geçtikten sonra tilkinin evinin önünden bir çakal geçmiş. Çakal, ağlayıp sızlanan tilkiye,

"Hey, kurnaz tilki, niçin ağlıyorsun?" diye sormuş. Tilki içini çekerek, "Beni tavuklara padişah etmek istiyorlar" demiş.

Çakal kaşlarını çatıp, "Sevincinden havalara uçup, bayram yapman gerekirken, sen niye ağlıyorsun? Her zaman tavuk arayıp, geceleri onları gizlice kümesten çalmak için uğraşıyordun. Şimdi ise seni onlara padişah ediyorlar. Ağlamayı bırak da bu haberin keyfini sür" demiş.

O zaman tilki, çakala bakıp,

"Ey çakalcan, ben bu haberin gerçek olduğuna hâlâ inanamıyorum. Ya gerçek değilse diye ağlıyorum" demiş.

Çakal gülerek, öğüt verir gibi, "Hayallere dalıp, her şeyin kolayca olup biteceğini sanıyorsan yanılıyorsun. Yapman gereken işleri gördüğün rüyalara ve kurduğun hayallere bırakıp çalışmazsan, daha çok ağlayıp sızlanırsın" diyerek tilkinin yanından ayrılmış. Tilki o gün bugündür tavuklara padişah olacağı günü bekliyormuş ... Masalımız da burada sona eriyormuş.

Uyku ağacında meyveler tatlı rüyalar için olgunlaşmaktaymış. Sonra ağaçtan üç meyve düşmüş. Biri şeker rüyalar için, biri kardeşimiz için, biri de bize bu masalı okuyan annemiz için ...

KURT ile KEDİ

Bir kara katır, sırt üstü yatır, toz duman oldu kaç kaç, bir kurt bilirim aç mı aç! Bakalım şimdi o kurt ne yapıyor? Dağ başında mı uluyor, bağ başında mı uluyor? Sesi ta buradan duyuluyor ...

Bir varmış bir yokmuş. Evvel zaman içinde, kalbur saman içinde, develer tellal iken, pirelerle mireler berber iken, ben ninem ile dedemi aynı beşikte sallar iken, zamanın birinde aç bir kurt yaşarmış.

Hava çok soğukmuş, her yeri kar kaplamış. Köy yollarına çığ düşmüş, geçitler geçilmez olmuş, yollar yürünmez olmuş, bu beyazlık altında köy bile görünmez olmuş. Çocuklar cıvıl cıvıl bir o yana bir bu yana koşturup durmuş. Hep birlikte kartopu oynayıp, kardan adam yapmışlar.

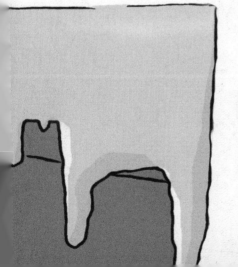

Ormanın içinden, çam ağaçlarının gölgesinden yürüyüp köye kadar gelen kurt açlıktan hayaller görmeye başlamış. Bir de soğuktan titremeye başlamış. Bir an önce bir av bulup karnını doyurmak istemiş. Köye girer girmez köpekler onu görmüşler. Köylüler köpeklerin sesine uyanmışlar ve her taraftan kurdun yolunu kesmişler.

Kurt bunu görünce,

- Şimdi ne yapacağım? Buradan nasıl kaçacağım, diye kara kara düşünmeye başlamış. Tam bu sırada bir evin çatısında karın içine uzanmış yatmakta olan bir kedi görmüş ve kendini acındırarak onunla konuşmaya başlamış:

"Kedi kardeş, bana yardım et. Her yandan yolumu kestiler."

Kedi, gözlerini hafifçe aralayıp, bıyıklarını oynatarak, "Mehmet ustadan yardım iste. O çok iyi bir insandır!" demiş.

"Bu yazın onun koyununu yedim. Ona gitmeye yüzüm yok."

"Öyleyse Hasan amcanın yanına git."

"Gidemem! Geçtiğimiz yaz da onun danasını afiyetle yemiştim."

O vakit kedi şöyle demiş:

"Bütün bunlar hiç hoşuma gitmedi. Zeliha teyzenin yanına git, o çok merhametlidir."

Kurt yine,

"Onun yanına da gidemem. Onun da geçen yıl keçisini yemiştim."

Bunun üzerine kedi şu cevabı vermiş:

"Öyle ise kendine sığınacak başka bir kapı ara. Madem sen bu köyde herkesin canını yakmışsın, onlar da seni buradan uzak tutacaklar. Bence hemen kaçıp git buradan. Bak şurada ormana kavuşan kestirme bir yol var. Elini çabuk tut ki yakalanmayasın."

Kurt, bir an büyük bir korkuya kapılıp, açlığı da soğuğu da unutup olduğu yerden şimşek gibi fırlamış. Köpeklerin arasından geçerek köyden uzaklaşmış. Üç gün koşmuş. Yorgunluktan düşmek üzereymiş. Dördüncü gün başını koyacak bir mağara bulmuş. Bir de bakmış ki içeride birkaç parça ekmekle, bir lokma et var. İşte o anda karanlık ve taştan mağara gözüne saray gibi gözükmüş. Hemen yiyeceklerin başına gidip onları afiyetle yemiş. "Allahım bu nimetleri bana verdiğin için sana şükürler olsun" dedikten sonra tatlı bir uykuya dalmış. Masalımız da burada sona ermiş. Bu masalı dinleyen çocuklar masaldan da güzelmiş.

HANGİSİ DAHA KURNAZ

Suya düşer ıslanmaz, yere düşer paslanmaz, ne kadar masal anlatırsam anlatayım benim yavrum usanmaz. Tığ tığ üstüne tığ üstüne, yere minder koy da otur üstüne ...

Bir varmış bir yokmuş. Zaman akmış kaybolmuş. Gün doğmuş gün batmış. Evvel zaman içinde, kalbur saman içinde, günlerden bir gün, kurnaz tilki dağda bayırda dolaşırken eski dostu kirpiyle karşılaşmış. Tatlı bir sohbete dalmışlar. Bir aralık yanlarındaki ağacın dalına ağzında bir parça peynirle bir karga gelip konmuş.

Karga dal üzerinde hoplaya zıplaya kanat çırpmaya başlamış. Derken karganın ağzındaki peynir yere düşmüş.

Peyniri gören tilki ve kirpi açlıklarını bastırmak için peynire doğru yönelmiş. Aralarında peynir parçasının kimin olacağıyla ilgili bir tartışma başlamış. Tilki hemen öne atılmış:

"Peynir benim hakkımdır" demiş.

Kirpi de, "Peynir benimdir!" deyince tilkinin suratı asılmış. Kirpi bir kurnazlık düşünüp,

"Dostum, bu böyle olmaz! Kimin yaşı büyükse peynir onun olsun" demiş. Tilki teklife razı olmuş.

"Söyle, sen kaç yaşındasın?" diye sormuş kirpiye ve başlamışlar karşılıklı konuşmaya:

- Hayır, önce sen söyle!

- Hayır, sen önce söyle!

- Hayır sen söyle!...

En sonunda tilki yaşını söylemeye razı olmuş ve iyice düşündükten sonra:

"E... e... dostum, ben yer bomboş, gök bakır iken, toprak buzken, dağlar yokken, orman ağaçsızken, şehirler insansızken doğmuşum" demiş. Bunu söyledikten sonra içten içe sevinip, "Peynir benim oldu" diye gülmeye başlamış.

Derken kirpi bu sözleri işitir işitmez gözlerinden inci gibi yaşlar dökerek ağlamaya başlamış. Tilki onun ağladığını görünce şaşırmış ve,

"Ne oldu dostum, niçin ağlıyorsun?" diye sormuş.

Kirpi bir yandan gözlerini silip konuşmasına devam etmiş:

"Biliyor musun dostum, sen söyleyince küçük oğlum aklıma düştü de onun için ağlıyorum, o da tam yer bomboş, gök bakırken, şehirler insansızken, ormanlar ağaçsızken doğmuştu. Fakat oğlum başka ormanda yaşadığı için aylardır onu göremedim. Onu çok özlediğimden duygulandım" demiş ve peynir parçasını ağzına alıp keyifle yemeye başlamış. Tilki de yutkunarak,

"Sen benden de kurnaz çıktın" demiş.

Gökten üç tane karga inmiş. Biri bahçedeki ceviz ağacına konmuş, diğeri penceremizin kenarında mışıl mışıl uyurken, üçüncüsü bize uyku kadar tatlı bir masal anlatmış. Bu masalı dinleyen çocuklar da kardeşleriyle şekerden uykulara dalmış.

PALAVRACI ÇAKAL

Atlar gelir takır takır, benim babam zengin değil, fakir. Fukara benden masal anlatmamı istedi; çevirdim değirmenin taşını, unuttum masalın başını...

Bir varmış bir yokmuş. Ormanda palavracı bir çakal yaşarmış. Çevresindeki çakallara ne kadar kurnaz ve cesur biri olduğunu ballandıra ballandıra anlatıyormuş:

-Bir gün bal yiyen bir boz ayının pençesinden bal peteğini aldım. Ayı sinirlenip üzerime atladı. Ayıyı topaç gibi çevirdim, sonra da yay gibi gerilerek fırladım, ağacın tepesine tırmandım. Elimdeki balla gün boyu ziyafet çektim. Bir başka gün, nehirde avlanan bir balıkçıl kuşunu gördüm.

Büyük bir balık yakalayıp havalanmıştı. Ben deyim 10 metre, siz deyin 20 metre bir yüksekliğe çıkmıştı. Işık hızıyla havaya öyle bir sıçradım ki sormayın. Siz deyin 20 metre, ben deyim 50 metre yükseğe çıktım. Pamuktan bulutlara değdi başım.

Çevik bir hareketle balığı kuşun ağzından alıverdim. Öyle ki balıkçıl kuşu balığı aldığımı farketmedi bile. Benim çevikliğime ve hızıma tavşanlar dahi yetişemezler … Siz benim gibi, kuştan hızlı uçan, ayıdan güçlü olan, aslandan çevik olan bir çakal gördünüz mü hiç? Nice maceralar yaşadım. Bir bilseniz.

Daha neler neler …

Çakalın her şeyi abartılı bir şekilde anlatmasından bıkan arkadaşları ona ders vermek için bir oyun hazırlamışlar. O uyurken çalılıkların arasına gizlenip aslan gibi kükremeye başlamışlar ...

Uykusundan sıçrayıp uyanan çakal donakalmış. Bir müddet öylece beklemiş. Her bir tüyü korkudan tir tir titrer olmuş. Bir süre sonra yerinden ancak kımıldayabilmiş. Ürkek adımlarla evinden çıkıp etrafına korku dolu gözlerle bakınmış. O kadar korkmaktaymış ki küçük bir dal kıpırdasa bayılabilirmiş. Bu sırada arkadaşları da çalılıklardan başlarını uzatıp bir ağızdan konuşmuşlar:

Hani, nerede kaldı hızın, gücün, çevikliğin?

Sana dar gelmedi mi şu koskoca evin?

Bir daha olduğundan farklı görünme!

Kendini dostlarına güldürme.

Yaşadığı bu olay, palavracı çakala ders olmuş. Bir daha başından geçmediği bir olayı yaşamış gibi anlatmaya kalkmamış. Hem hiç kimselere yalan da söylememiş. Doğruluktan ve dürüstlükten de ayrılmamış ... Uykusu gelen minikler için, masalımız buraya kadarmış.

KEDİ ile
KÖPEĞİN DOSTLUĞU

Çık çık yumurta mısın, sen daha burada mısın, kediden yana mısın, köpekten yana mısın, ister misin, ikisi de arkadaş olup kaynaşsın? Olmaz olmaz deme, masalda hepsi olur, doğmamış çocuklar bile oturmuş kilim dokur ...

Bir varmış bir yokmuş. Bu masalın meraklısı çokmuş. Çocuklar evlerinde, annelerin dizlerinde, bu masalla büyürmüş. Vaktin evvelinde, bir ev kedisi bahçe duvarının üstünde tüylerini yalayıp temizliyormuş. Derken, kaldırımdan geçen bir sokak köpeğini görmüş. Köpek ayaklarını yerde sürüyerek güçlükle yürüyebiliyormuş. Kedi köpeğin haline acıyıp sormuş:

- Hey! Böyle bitkin halde nereye gidiyorsun?

- Şey, demiş köpek; bir lokma yiyecek bulurum ümidiyle geziyorum.

Kedi, "Bir dakika bekle" diyerek bahçeye atlamış. Bir ağaç dibini kazıp ağzına kadar dolu bir yiyecek torbası çıkarmış ve onu getirip köpeğin önüne koymuş.

- "Bunlardan dilediğince yiyebilirsin" demiş güler yüzle; bu benim erzak torbamdır.

Köpek de doyana kadar yemiş önüne konan yiyeceklerden. Yorgunluğu geçivermiş. Yüzüne can gelmiş. Sonra kediye teşekkür edip şöyle demiş:

- Sen benim artık düşmanım değilsin, dostumsun.

Dilerim bir gün benim de sana iyiliğim dokunsun.

Köpek neşeyle yoluna devam etmiş. Kasaba kasaba dolaşıp durmuş. Karnı tok, sırtı pek, günlerce ormana girip çöle geçmiş, çölden çıkıp, "Çok yürüdüm, biraz da yüzeyim" deyip denize girmiş. Yüz kulaç atmış, karaya çıkmış. Böyle günlerce canı nereye gitmek isterse oraya gitmiş. Aradan aylar geçmiş. Tatlı köpeğimiz gene sokaklarda dolaşırken bir zamanlar kendisine iyilik yapan ev kedisini başıboş gezerken görmüş. Kedinin yanına yaklaşıp merakla sormuş:

"Merhaba, beni hatırladın mı?"

"Elbette, demiş kedi; seninle aylar önce tanışmıştık."

- Seni biraz sıkıntılı görüyorum. Sokaklar bir ev kedisi için güvenli bir yer değildir. Niçin evine gitmiyorsun?

- Sahibim başka bir mahalleye taşındı. Eşyalar araca yüklenirken ben bahçede uyuyakalmışım. Uyandığımda yanımda kimse yoktu. Şimdi sahibimin yeni evini arıyorum, ama bulamıyorum.

- İyi olacak hastanın doktor ayağına gelirmiş, diyerek gülümsemiş köpek. Benden iyi iz sürücü bulamazsın.

Böylece köpek önde, kedi arkada o sokak senin bu sokak benim evi arayıp taramışlar. Köpeğin arkasındaki kediyi gören insanlar hayretle,

"Şu cesur kediye bakın, köpeği nasıl da kovalıyor" demişler.

Kedi ile köpek duydukları bu söze gülmüşler. Çok geçmeden aradıkları evi bulmuşlar. Kedi mutlulukla sahibinin yanına koşarken köpeğe şöyle seslenmiş:

"İstediğin zaman erzak torbamı seninle paylaşabilirim. Yardımların için teşekkür ederim ..."

Köpek de, "Dostum, başın ne zaman sıkışırsa yanındayım, dost kara günde belli olur. Benim en zor zamanımda dost canlısı tavrınla yemeğini benimle paylaştın" demiş.

İkisinin dostlukları uzun yıllar devam etmiş. Yapılan hiçbir iyilik asla boşa gitmezmiş ...

BİR KEDİ
BİR KÜP ALTIN

Gün doğmadan uyandım, pencerenin pervazına dayandım, karşıdan bir ateş böceği geldi, bilin bakalım bana ne verdi? O da ninesinden duymuşmuş, bu masalı avcı porsuk uydurmuş ...

Bir varmış bir yokmuş. Evvel zaman içinde kalbur saman içinde, ağaçta bir salıncak, ipi koptu kopacak, ben deyim şu bağdan, siz deyin şu yamaçtan bir kuş havalandı eski zamanlardan. İşte böyle eski zamanların birinde kendisinden bir şey istendiği zaman kapısına geleni boş çevirmeyen, insanlara iyilik yapmaktan mutlu olan bir adam varmış. Bir gün bu adamın yanına uzak köylerden yoksul bir köylü gelmiş. Kendisinden harman zamanına kadar borç para istemiş. Adam da ona istediği borç miktarını hemen vermiş.

Aradan aylar geçmiş. Harman zamanı gelip çatmış. Adam, sabah erkenden kalkıp yola düşmüş. Az dememiş gitmiş, uz dememiş gitmiş, yoruldum demeden, bir yürümüş bağ, iki yürümüş dağ, üçüncü adımda iki tepe arasında kalmış. Akşam olmadan o kişinin yaşadığı köye varmış. Yoksul köylü bu cömert adamı o gece evinde misafir etmiş. Sabah olunca ikisi karşılıklı konuşmaya başlamışlar.

Adam, "Niçin geldiğimi biliyorsun. Yolum uzun, paramı ver de gideyim" demiş.

Köylü, evin köşesinde kıvrılıp yatan siyah bir kediyi eliyle gösterip,

"İstersen sana şu kediyi vereyim. Çünkü bu yılki hasat az oldu. Sana borcumun karşılığında hasat ettiklerimi verirsem, ihtiyar anneme bakamam" demiş.

Adam, "İhtiyacım olmasa bu kediyi almayı kabul etmem, ama madem kediyi alabileceğimi söyledin, öyleyse borcuna karşılık bu kediyi alıyorum" diyerek kediyi almış, onu çantasına koymuş ve tekrar yola düşmüş.

Nice nehirler geçmiş, sonu yok gözüken patika yollardan, dikenli, çorak arazilerden geçmiş. Gün sona ermiş, akşam kuşları, bülbüller ötmeye başlamış. Yolculuğuna kuşların tatlı sesi eşlik etmiş. Nihayet ovada kurulu bir köyde mola vermiş. Köyün meydanında düğün dernek kurulmuş, yere geniş sofralar serilmiş. Fakat garip olan bir şey varmış. Bazı insanlar ellerinde sopalarla ayakta bekliyor, kıyıyı köşeyi kolaçan ediyorlarmış. Adam selâm verip kendisine gösterilen yere oturmuş. Tam ekmeği ağzına götüreceği sırada sofrada farelerin gezindiğini farketmiş.

Fareler gezindikçe ayakta bekleyen adamlar da ellerindeki sopalarla onlara vuruyorlarmış. Bu karmaşada kırılan tabaklar, eli ayağı çiğnenen insanlar oluyormuş.

Adam çantasını açıp kediyi çıkarınca fareler korku içinde kaçacak delik aramışlar. Etrafın farelerden temizlendiğini gören insanlar daha huzurlu bir şekilde yemeklerini yemişler.

Köyün ileri gelenleri adamdan bu kediyi kendilerine satmasını istemişler. Daha adam ağzını açmadan ona bir küp altın getirmişler. Adam bu teklifften çok memnun olmuş ve altınları alarak kediyi onlara bırakmış. Tekrar o yoksul köylünün evine gitmiş, olanları anlatıp altınların bir kısmını onunla paylaşmış.

Harman zamanı gökten üç kedi düşmüş. Biri delikanlının evine, diğeri fareli köydeki kedinin yanına, üçüncüsü de senin rüyalarına girip kuyruk sallayacakmış.

ÜÇ KÖPEK

Aman hey! Gördünüz mü siz sıçanı, raftan dolaba kaçanı. Elinde lahana koçanı, bostancı oldu bu sıçan, ah sıçan, vah sıçan, kulpu kırık sıçan. Aman hey! Keseri kıstırmış beline, testeresini almış eline, inmiş evin temeline, marangoz olmuş bu sıçan. Kapının ardında takır tukur, ninem iplik eğirir o kilim dokur.

Bir varmış bir yokmuş. Zamanın birinde, balta girmemiş ormanda bir kurt yaşarmış. Bu kurt, ormanda istediği gibi bir av bulamayınca soluğu yayla yolunda almış. Binmiş bir pireye varmış bir köye. Pire gider takır tukur. Bizim kurt ip bağlamış pirenin dişine. Gören şaştı, duyan şaştı. Kurt böylece dağları aştı. Pire bir zıplamış, iki zıplamış, üç zıplamış derken kurt nihayet yaylaya varmış. Yaylada otlayan koyunları görünce ağzı sulanmış.

Onlardan bir tanesini midesine indirmek için sabırsızlanıyormuş. Derken, koyun sürüsüne bekçilik yapan üç çoban köpeğini farketmiş.

Sinsi kurt içinden,

"Bir yolunu bulup bu üç köpeği birbirinden ayırmalıyım. Güçlerini zayıflatırsam sürüyle ilgilenemezler. Ben de rahatlıkla karnımı doyururum" demiş.

Köpeklerden biri su içmek için dereye inince kurt o köpeği takip etmiş. Köpek su içerken âniden karşısına çıkmış. Köpek onu görür görmez havlayıp diğer iki köpeği yanına çağırmış.

Bu sırada kurt,

"Az sesini kes de sözüme kulak ver" demiş. "O ikisinden sana dost olmaz. Senden önce yemeğe başlıyorlar ve etleri yiyip kemikleri sana bırakıyorlar" deyip ormana doğru koşmuş. Köpek onun ardından öylece bakakalmış.

Kurt, güneş tam tepedeyken tekrar gelmiş. Koyunlar ağaç gölgeliğinde dinlenirken, köpekler yine nöbet tutuyormuş. Kurt

bu kez başka bir köpeğin yanına yaklaşmış, onun havlamasına fırsat vermeden hızlı hızlı konuşmuş:

"Beni dinle, sözümü kulak ardı etme. Şu iki köpek var ya şu iki köpek; seni öldürmenin planını yapıyor. Baksana, birbirlerinden hiç ayrılmıyorlar. Onlara güvenme" demiş ve yine ormana doğru koşarak gözden kaybolmuş.

Kurt, ikindi serinliğinde bir kez daha yaylaya geldiğinde sürünün başında bir tane bile köpeğin olmadığını ve sadece havlama seslerinin duyulduğunu görmüş. Sesler dere kenarından geliyormuş.

Kurt dere kenarına gittiğinde üç köpeğin de birbiriyle tartıştığını görmüş. Sevinçle geri dönerek sürüden bir koyun kapmış.

Sürüden bir koyunun eksildiğini geç de olsa anlayan üç köpek, bir daha kurdun sözüne kanmamışlar, hep uyanık kalmışlar … Geniş çayırlarda kuzular melemiş, köpekler onları beklemiş. Kurdun eline fırsat geçmemiş.

ÜÇ BÖREK

Çok eski zamanlarda her köyün bir masalcı dedesi varmış. Meraklı çocuklar bu masalcı dedenin etrafında toplanırmış. Masalcı dede bastonuna dayanınca gökyüzü masal rengine boyanırmış ...

Bir varmış bir yokmuş. Evvel zaman içinde kalbur saman içinde, devler yakar top oynarken eski bir şehir içinde ... Biz havladık, hopladık, cümle âlemi topladık. Zamanın birinde, devlerin yaşadığı bu şehrin hükümdarı dillere destan, gözlere ışık, kalplere rahatlık veren bir saray yaptırmış. Sarayın içine dünyanın dört bir yanından değerli eşyalar, mücevherler, atlaslar, el dokuması ipek halılar, burunlara can veren güzel kokular, işlemeli cam vazolar ve daha neler neler getirtmiş.

Bu görkemli sarayı görenler, sarayın karşısına geçip onu hayranlıkla seyredermiş. Sultan da her gün sarayın penceresinden bu insan kalabalığına bakarak sevinir,

"Aman fazla bakmayın, nazar değmesin" dermiş. Herkesin beğendiği bu sarayı sultanın veziri beğenmezmiş. Vezir bir gün sultana,

"Bu saray çok güzel, ama büyük bir eksiği var" demiş.

Sultan biraz merakla, biraz da kızgın bir tavırla sormuş:

"Görenleri hayran bırakan bir saray yaptırdım. İnsanlar bu sarayın önüne geldiklerinde ağızları açık öylece bakakalıyor. Şehrimizi de taçlandıran bir saray bu. Oysa sen bu güzel yapıda bir eksik gördüğünü söylüyorsun. Gördüğün büyük eksiklik nedir?"

Vezir cevap vermiş:

"Sultanım, bu öyle kolay bir şey değil. Kafdağı'nın arkasında, her tüyü ayrı dilden konuşan bir kuş var. Ayrıca bu kuşun tüylerinin rengi hiçbir yerde bir arada görülmemiştir. Sarayı ne kadar eşya ve mücevherle donatsanız da onun yerini hiçbir şey dolduramaz. Onun adı tavustur. Tavus kuşunu buraya getirtirseniz sarayın eksikleri tamamlanmış olur".

Hükümdar hemen, şehrin her bir yanına haber verilmesini istemiş.

"Kim gider de Kafdağı'nın arkasındaki her tüyü bir dilden konuşan, her tüyü dünya kadar renkle dolu kuşu getirirse sarayımı ona vereceğim" demiş. Küçük bir köyde yaşayan üç kardeş bu haberi duyunca heyecandan uçmaya başlamış. Hemen yola koyulmak istemişler. Babalarının ellerini öpüp beraber yola çıkmışlar.

Az gitmişler uz gitmişler, dere tepe düz gitmişler, çayır çimen geçerek, lale sümbül biçerek, buz gibi pınarlardan soğuk sular içerek, on gün yol gitmişler. Yollarda önlerine aslanlar çıkmış, kaçmışlar, tilkiler çıkmış saklanmışlar, on birinci gün bir kovuğun içinde uyumuşlar. Gün doğmadan, horozlar uyanmadan gözlerini açmışlar ve nihayet on ikinci günün akşamı Kafdağı'nın eteklerine gelince üç kapının önünde durmuşlar.

İlk kapıda, "Gider, gelir."

İkinci kapıda, "Ya gelir, ya gelmez."

Üçüncü kapıda, "Gider, ama gelemez" yazıyormuş.

Büyük kardeş ilk kapıyı, ortanca kardeş ikinci kapıyı, küçük kardeş üçüncü kapıyı seçmiş. Üç kardeş parmaklarındaki yüzükleri çıkarıp,

"Kim gittiği yerden dönerse yüzüğünü kapıya bıraksın, kimin döndüğünü anlayalım" demişler. Böylece her biri seçtikleri kapıdan içeri girmişler.

Büyük kardeş ile ortanca kardeşin yolları bir ovada buluşmuş. Bu ovanın her yeri çil çil altınla doluymuş. Tavus kuşunu aramaktan vazgeçip çantalarını altınlarla doldurmaya başlamışlar. Kendilerini bu işe öylesine kaptırmışlar ki altınla dolan çantalarını bırakıp ovadaki altınları saymaya başlamışlar ... Bu büyük hazine karşısında akılları başından uçmuş. Bu çocukların akılları kuş muymuş ki uçmuş? Bir sağa koşmuşlar, bir sola koşmuşlar. Altınların içinde sanki yeniden doğmuşlar.

Küçük kardeş ise gide gide bir dere kenarına varmış. Oturup çantasından bir börek çıkarmış. Böreğini yemek üzereyken dereden bir balık çıkıp ağzını açmış. Çocuk, elindeki böreği balığa vermiş. Çantasından bir börek daha çıkarmış, tam yiyecekken dereden aynı balık çıkıp ağzını açmış. Çocuk gene elindeki böreği balığa vermiş. Çantasındaki son böreğe elini uzatıp ağzına götürürken yine balık çıkıp ağzını açmış. Çocuk bu böreği de balığa vermiş ve akşam aç yatmış.

Sabah kalktığında yanı başında ihtiyar bir adamın durduğunu görmüş. İhtiyar adam cebinden üç börek çıkarıp küçük kardeşe vermiş.

"Al oğlum! Bunlar senin bana verdiğin börekler. O balık bendim" demiş. Daha çocuğun şaşkınlığı geçmeden diğer elindeki tavus kuşunu da ona uzatmış:

"Bunu da al! Kardeşlerini de ovadan çıkar, altın diye saydıkları şey aslında deve dikenidir. Onlar açgözlü oldukları için gerçeği göremiyorlar" demiş.

Küçük kardeş, ihtiyara teşekkür edip kardeşlerinin yanına gitmiş. Onları ovadan alıp yeniden yollara düşmüşler. Saraya geldiklerinde büyük ve ortanca kardeşin çantasından deve dikeni çıkmış. Küçük kardeş çantasını açınca tavus kuşu rengârenk kanatlarını açmış. Onun güzelliğinden herkesin gözleri kamaşmış.

Hükümdar, sözünde durup sarayı küçük kardeşe vermiş. Çocuk sarayında huzur içinde yaşamış. Sarayın bahçesine tavus kuşu için altından bir kafes yaptırmış. Tavus kuşu bize üç börek ayırmış.

Birini masalı anlatana verelim, diğerini masalı dinleyen yesin. Üçüncü böreği de, "Hani bana hani bana, yok mu?" diyen yesin. Şeker çocuklar tatlı masallar dinlesin.

KURBAĞA ile ÜRKEK FARE

Sarı sarı sandıra, bir sarıca kundura, kunduramı boyadım, güneşli havada kartopu oynadım. Kartopum erimesin diye koydum dolaba, bana bir masal anlattı büyük baba ...

Bir varmış bir yokmuş. Gökyüzünden teker teker, ellerime kar döker, botum yok koşamam, eldivenim yok oynayamam. Bir olmuş bir olmamış. Şehirde hiç kar kalmamış. Bir zamanlar pireler deve avlarken, kurbağa ile ürkek fare arkadaş olmuşlar. Birlikte bir yolculuğa çıkmaya karar vermişler. Amaçları, yaşadıkları ormanı iyice gezdikten sonra yuvalarına dönmekmiş. Ama bu düşüncelerinden ailelerine hiç bahsetmemişler. Bir sabah güneş doğar doğmaz yola çıkmışlar.

Kurbağa arka ayaklarından kuvvet alarak sıçrıyormuş. Ürkek fare ise etrafını kolaçan ederek yürüdüğünden çok yavaş yürüyormuş. Önde giden kurbağa hiç ardına bakmadığından tek başına ormanın içine doğru ilerlemiş. Ürkek fare de bir çalılığın içinden geçerken farketmeden bir çukurun içine düşmüş.

Hoplamış, çukurdan çıkamamış

Bağırmış, sesini duyuramamış.

Öylece çukurun içinde kalakalmış ...

Kurbağaya gelince, geç de olsa ormanda yalnız ilerlediğinin farkına varmış. Yırtıcı hayvanların saldırısından korunmak için bir ağaç kovuğuna saklanmış. Vakit de akşam olmak üzereymiş. Çaresizce, biri kovukta, biri çukurda mahsur kalmış. Her ikisi de korkudan tir tir titriyorlarmış.

Onları merak eden aileleri de korkuya kapılmışlar. Yuvalarının çevresinde altına bakmadık taş bırakmamışlar. Güneş batana kadar her ikisini de aramaya devam etmişler ...

İkisi de ailelerinden uzakta, tehlikeli ve karanlık bir ormanda yalnız başına kurtarılmayı beklemiş. Çok uzun geçen bir gecenin ardından sabah olmuş. İkisi de sabaha kadar gözlerini kırpmadan beklemişler. Derken güneşin ilk ışıklarıyla birlikte ürkek fare daha çok bağırmaya, kurbağa da saklandığı yerden çıkıp yuvasına doğru sıçramaya başlamış. Neyse ki başlarına kötü bir şey gelmeden onları ilk bulan aileleri olmuş.

Bu olaydan ders alan iki arkadaş, bir daha ailelerinden habersiz evlerinden uzaklaşmamışlar. Bilmedikleri yerlere yanlarında bir büyükleri olmadan asla gitmemişler. En güvenli yer olan yuvalarında aileleriyle birlikte huzur içinde yaşamışlar ...

Gökten üç sepet fındık düşmüş. Birini masalı anlatana verelim, diğerini ürkek fare ile kurbağa aralarında paylaşsın, sonuncu sepeti de kendimize ayıralım. Her zaman masal dinleyelim, masalsız kalmayalım ...

BİR GÜNLÜK ÇOBAN

Denizin ortasında bir ağaç gördüm dalsız budaksız, üzerine bir kuş konmuş ayaksız, kanatsız, dürbünle baktım merceksiz, kodaksız, deniz kabardıkça kabardı, ağaç dallanıp budaklandı, kuş ayaklanıp kanatlandı, bize de bu masal kaldı.

Bir varmış bir yokmuş. Evvel zaman içinde, kalbur saman içinde, deve iğne deliğinden geçmeye çalışırken, balıklar uçarken, kuşlar yüzerken, bu anlattıklarıma beşikteki dedem kıs kıs gülerken, merdiveni aradık taradık, götürüp elma ağacına dayadık. Ağacın tepesinde bir bülbül ötüyor, sesi buradan masal dağına kadar çıkıyor. Çölü aşıp, dağı aşıp, önüne dereleri katıp, atın sırtına semeri atıp, nice yol adımlayıp varılan bir köyde haylaz bir keçi yaşarmış. Bu keçinin bir sürüsü olmadığı için hep koyun sürüsüyle birlikte otlarmış. Sürünün çobanı iyi niyetli bir delikanlı imiş. Sürüsünü güneşin altında bekletmez, onları her zaman gölgede otlatırmış.

Gelmiş zaman, gitmiş zaman, kâh geçmiş, kâh geçmek bilmemiş bizim zaman. Bizim haylaz keçi de vermez olmuş çobana aman. Haylaz keçi bir başına dağ bayır dolaşıp dururmuş. Zavallı çoban gün boyu onun peşinde gezermiş. Artık onun peşinde koşmaktan ayakları tutmaz olmuş. Neyse, bizim çoban bakmış ki bu böyle olmayacak, almış keçiyi karşısına, dayanmış asâsına ve başlamış konuşmaya:

Ey keçi, niçin beni yorarsın?

Çok uzaklara gitme, bir tutam otla da doyarsın!

Keçi, "Bir günlük çobanlık yapmama izin verirsen, ben de uslu duracağıma, seni yormayacağıma söz veririm" demiş.

Çoban da gülerek,

Kolay değildir çoban olmak bir sürüye

Sürünün bir parçası olman

Sana verilen en güzel bir hediye

demiş, ama bir kere keçi inat etmiş, "Bana ne, olmazsa olmaz" diyerek illa çoban olmak istiyorum diye tutturmuş. Çoban da ona bu görevi bir günlüğüne devretmiş.

Ayva sararmış, nar olmuş, üç gün üç geceden sonra nihayet gün doğmuş. Yağmur ıslatmış, rüzgâr savurmuş, hava buz olmuş, sonra tekrar sıcacık olmuş derken inatçı keçinin çobanlık yapacağı gün gelmiş çatmış. Keçi sabah katmış sürüsünü önüne, düşmüş yollara.

Yollar gide gide bitmiş, sürü bir pınar başında mola vermiş. Sularını içmişler kana kana, sonra tekrar düşmüşler yola. Keçi sürüsünü bir ovada durdurmuş. Artık koyunlar güven içinde yayılabilirmiş.

Keçi, "Benden bu kadar, dilediğiniz gibi karınlarınızı doyurun. Ben biraz dinleneyim" diyerek bir ağacın gölgesine sığınmış, ama dinlenememiş. Çünkü sürüdeki kuzular bir oyana bir bu yana zıplayıp duruyormuş. Üstelik bazıları da dağa bayıra doğru koşup sürüden uzaklaşıyormuş.

Keçi söylene söylene kalkmış yerinden. Akşama kadar kuzuları bir arada tutmak için uğraşmış. Haliyle bu işi yaparken ne karnını doyurabilmiş ne de dinlenebilmiş. Akşam olunca sürüsünü önüne katıp evin yolunu tutmuş ve sürüyü çobana eksiksiz teslim etmiş.

Çoban güler yüzle keçiye dönüp, "Aferin sana. Doğrusu senden bu kadarını ummuyordum. Hem sürüyü eksiksiz getirdin hem de karınlarını çok güzel doyurmuşsun. Bundan böyle sürüyü sırayla güdelim" demiş.

"Hayır!" diye sesini yükseltmiş keçi;

"Çobanlığı sen bilirsin. Benim işim sürüye katılıp karın doyurmak. Ben bu işi kolay sanmıştım. Oysa ne zormuş çoban olmak" demiş.

Keçi o günden sonra sürüsünden hiç ayrılmamış ve dağa bayıra giderek çobanı yormamış.

Çoban bize üç kâse süt göndermiş. Birini masalı anlatana verelim, diğeri de senin olsun. Sonuncu kâseyi buzdolabına koyalım ki bozulmasın ...

ASLANIM ASLAN

Evvel zaman içinde, kalbur saman içinde, cinler cirit oynarken eski hamam içinde, bir serçe kanadını kırk katıra yüklettim, ne az gittim, ne uz gittim, Kafdağı'na ilettim. Bir nefeste erittim o dağların karını, dikilmedik ağacın orada yedim narını, eğrilmedik iplikle ne elbiseler dokudum, elif dedim b dedim, dağı, taşı okudum. Bir sinek bir kartalı sallayıp vurdu yere. Yalan değil, gerçektir yer yarıldı birdenbire. Kerpiç koydum kazana, poyraz ile kaynattım. Bu nedir diye sorana, şu masalı anlattım.

Bir varmış bir yokmuş. Zamanın birinde gücü kuvveti yerinde bir aslan yaşarmış. Aslan, günün birinde bir ceylan avlamış. Avını bir ağacın altına sürükleyip getirdikten sonra dinlenmeye başlamış. Derken bir tilki çıkagelmiş ve avaz avaz bağırmaya başlamış:

"Aslanım, kaç da kurtul, eli silahlı avcılar geliyor."

Yerinden doğrulan aslan yüksek bir tepeye çıkıp etrafı kolaçan edince, karşıdan gelen üç avcıyı görmüş. Bu yardımından dolayı tilkiye teşekkür etmiş.

Tilki de aslana, "Arkadaş olmamız ikimiz için de yararlı olur. Sen avlanırken ben sana gözcülük ederim, böylece karnını bir güzel doyurursun. Senin artıklarınla da ben karnımı doyururum" demiş.

Aslan, tilkinin bu teklifini seve seve kabul etmiş. Derelerden sular akmış, tepelerden rüzgâr esmiş, mevsim yaz olmuş, sonra güz olmuş, kar kış kıyamet derken aslan ile tilkinin arkadaşlığı aylarca devam etmiş. Yine bir gün aslan ceylan avlayıp ağacın altına sürüklemiş. Tilki de her zamanki gibi gözcülük yapıyormuş. Aslan, yorgunluktan uyuyakalmış.

Tilki içinden, "Ben gözcülük ederken, o avın en güzel yerlerini yiyor. Şunu bağlayıp avın en güzel yerlerini ben yiyeyim" diye geçirmiş.

Tilki düşündüğü gibi yapmış. Aslanı bulduğu bir iple sıkıca bağlayıp iştahla eti yemeye başlamış. Çok geçmeden aslan uyanmış, ama her yeri bağlı olduğu için kımıldayamıyormuş.

Aslan, oburca et yiyen tilkiye dönüp, "Beni neden bağladın?" demiş.

Tilki de ona hiç cevap vermeden ağzının suyu aka aka yemeğine devam etmiş ve karnını tıka basa doyurduktan sonra oradan uzaklaşmış. Bu sırada bir tarla faresi aslanın karşısında durup,

"Ben çoğu zaman senin artıklarınla karnımı doyurdum. Şimdi seni o iplerden kurtaracağım" demiş ve ipleri kemirmeye başlamış.

Yeniden özgürlüğüne kavuşan aslan, gerinmiş, gerinmiş, dağları titretircesine kükreyerek,

Aslanım aslan,
Ben ormanın kralıyken
Bir tilkiye güvendim
Tilki bağladı beni,
Sözüyle kandırdı beni
Ben neden tilkiyle avlandım?

Koruyamadım kendimi bir küçük tilkiden
İplerin arasında çaresiz kaldım.
Küçük fare kurtardı beni kötü halimden.
Yemek yok artık tilkiye
Dostumdur bundan böyle minik fare.

dedikten sonra tekrar yola koyulmuş. Ormanda bir aşağıya, bir yukarıya koşturmuş durmuş. Az gitmiş uz gitmiş, tavşan tutmuş, ceylan bulmuş, dostu minik fareyle lezzetli yemekler yemiş.

KEDİNİN DOSTLUĞU

Gelmiş zaman geçmiş zaman ay ile güneş ile, ağaçlar dile gelmiş meyve ile, yemiş ile, aslan yürüyüşe çıkmış pire ile, deve ile, biz de masalımıza başlayalım, bir varmış, bir yokmuş diye ...

Evvel zaman içinde, kalbur saman içinde, ceylanlar tellal, arılar berber iken, ben kardeşimin beşiğini tıngır mıngır sallarken, aşağıdan gümbür gümbür bir gürültü koptu. Eyvah dedim. Şimdi bunlar susmazlar, kardeşimi uyutmazlar. Bir kalktım, iki yürüdüm, üç hopladım, iki yüz merdiveni göz açıp kapayıncaya atladım. Karşıma bu masalın kahramanları çıktı. Ben de oturup onları dinledim.

Bir varmış bir yokmuş. Issız bir adada yalnız bir kedi yaşarmış. Bu kedinin yediği önünde, yemediği arkasındaymış. Adanın etrafını çevreleyen denizde kum gibi balık kaynıyormuş. Kedinin canı balık yemek istediğinde sahile iner, dilediği kadar balık yermiş. Her şey iyiymiş, hoşmuş da, oturup konuşacağı, dolaşıp oynayacağı bir arkadaşı yokmuş.

Deniz kabarmış köpük olmuş, bir gün sahil, deniz kaplumbağalarıyla dolmuş. Karaya çıkan kaplumbağalar sahilde küçük çukurlar açıp yumurtalarını bırakıyorlarmış. Kedi onları görünce sevinçten havalara uçmuş. Koşarak kaplumbağaların yanına gelmiş. Heyecanla kaplumbağalardan birine şöyle demiş:

"Yıllardır burada yalnızdım, tek başıma yaşıyordum. İyi ki geldiniz."

Kaplumbağa, "Yumurtalarımızı bırakıp gideceğiz" deyince, kedi hüzünlenmiş,

"Desene, yine yalnız kalacağım" demiş.

"Hayır" diyerek kumu eşelemeye devam etmiş kaplumbağa; " Birkaç ay sonra bıraktığımız yumurtalardan yavrularımız çıkacak. Onlar denize açılmadan önce şu sığ sularda gelişip büyüyecekler. O kadar çok arkadaşın olacak ki artık canın hiç sıkılmayacak."

Kedi sevinçle haykırmış, "Yaşasın! Bir sürü arkadaşım olacak."

Birkaç ay sonra yumurtalar kırılmış, yavrular kumun içinden tek tek çıkmaya başlamış. Kedi sevinçle onların etrafında dönüp hepsini selâmlıyormuş:

- Merhaba, hoş geldin dünyaya.

Hey ufaklık sen de hoş geldin.

Hepiniz hoş geldiniz ...

Yavruların çıkmasını bekleyen başkaları da varmış, ama onlar bu yavrularla arkadaş olmak için değil, onları yemek için bekliyorlarmış. Önce yengeçler denizden karaya çıkmış, sonra da martılar süzülerek sahile inmiş. Kaplumbağa yavruları da hızlarını artırıp sığ sulara doğru koşmuşlar.

Kaplumbağaların imdadına bizim kedi yetişmiş. Kedi, hayatında hiç olmadığı kadar hızlı davranmış; bazı kaplumbağaları yengeçlerin kıskacından kurtarmış, bazılarını da martıların gagalarından düşürmüş, ayrıca ters dönenleri de düzeltmiş. Onları koruyup kollamış. Günlerini gecelerini hep kaplumbağalarla geçirir olmuş. Böylece pek çok kaplumbağa yavrusunu kurtarmış.

Sonunda sığ sulara ulaşmayı başaran yavrular, kediye teşekkür etmişler ve zor günlerinde kendilerini yalnız bırakmayan kediyi unutmamışlar. Büyüdüklerinde doğdukları bu sahile gelip ona en lezzetli yiyeceklerden getirmişler.

Kedi, yaptığı bu iyiliğin karşılığını hayatı boyunca görmüş. İyiler hep iyilikleriyle hatırlanmış, kötülük ise kendi kuyularını yine kendileri kazmış. Kazdıkları çukura düşmüşler ve bir daha oradan çıkamamışlar ... Gökten üç yumurta düşmüş. Biri elimize düşmüş, birinden civciv, birinden oyuncak çıkmış. Masalımız da burada bitmiş.

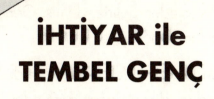

İHTİYAR ile TEMBEL GENÇ

Zamanında ben, üç yüz bir yaşında iken henüz bitmemiş çalı dibinde, doğmadık tavşan avına gitmiştim. Elimdeki çalı süpürgesiyle avımı beklerken, yaşlı çınar ağacının altında uyuyup kaldım. Rüyamda birazdan size anlatacağım bu masalı gördüm.

Bir varmış bir yokmuş. Çok eski zamanlarda ihtiyar bir adam yaşarmış. Bu adamın karısından başka hiç kimsesi yokmuş. Yaz yaklaşıp hasat zamanı geldiğinde karısı ona,

- Oyalanmadan komşu köye gidip kendine bir yardımcı bulsana, demiş.

Adam da komşu köye gitmiş. Köyün içinde gezinirken bir gençle karşılaşmış. İhtiyar adam gence,

- Oğlum, hasat zamanı geldi çattı ve bana bir yardımcı gerek. Bir süre için benim yanımda çalışır mısın, demiş.

Genç, boynunu büküp konuşmuş: "İyi de amca, ben tembelim ve çok yavaşım. Senin işine yaramam ki!" deyince, ihtiyar adam gülümsemiş.

- Eee, ben de bu yaşta pek hızlı sayılmam hani. Yavaş da çalışsak bu işin üstesinden geliriz, demiş. Genç, " Şimdi oldu" diyerek ihtiyar adamın peşine düşmüş.

Az gitmeden, uz gitmeden, dere tepe düz gitmeden, çayır çimen geçmeden, diken böcek görmeden köye gelmişler. Genç, ihtiyar adamın evine misafir olmuş.

Sabahleyin birlikte kahvaltıya oturmuşlar. İhtiyar adam yemeğini bir çırpıda bitirip, evin önünde tarlaya götüreceği aletleri hazırlamaya başlamış. Tembel genç de hâlâ sofradaymış ve ağzına attığı ilk lokmayı çiğniyormuş. Aheste aheste yemek yemesinden anlaşılacağı üzere gönülsüzce davranıyormuş. İhtiyar adam ona,

- Oğlum, ben tarlaya gidiyorum, sen kahvaltını yapıp peşimden gelirsin, deyip eşyalarını almış ve çıkmış yola.

Tembel genç de ancak iki saat sonra kalkabilmiş sofradan. Çarıklarını giymeye başlamış. Ama o kadar isteksiz giyiyormuş ki neredeyse iki çarığı giymek için yarım saat vakit harcamış. Yola çıktığında ise gene çok küçük adımlarla yürüyüp, iş yapmak istemez gibi davranıyormuş. Vakit öğleyi çoktan geçmiş bile. Bizim genç ancak ikindi vaktine doğru tarlaya varabilmiş.

İhtiyar adam gence hiçbir kötü söz söylememiş. Güneş batmadan yola koyulup eve varmışlar. İhtiyar adam akşam yemeğini yemek için sofraya oturmuş. O yemeğini iştahla yerken, genç odasına çekilip horul horul uyumuş.

İhtiyar adam eşine, "Hanım, yarın sabah sofrayı hazırlama. Kahvaltımızı tarlada yaparız" diye tembihte bulunmuş.

Sabah erkenden uyanmışlar. Genç, sofranın hazırlanmadığını görünce adamın yüzüne bakmış. Adam da ona, "Kahvaltıyı tarlada yapacağız. Çarıklarını da eline al, kağnıyla gideceğiz" demiş. Böylece erkenden tarlaya varmışlar.

Tembel genç, tarlada da çok yavaş hareket ediyormuş, ama adam onu hiç incitmeden, tatlılıkla yapacağı işleri tek tek söylüyormuş. Bir gün, iki gün, üç gün derken genç, demir gibi çalışmaya başlamış. Üzerinden o isteksiz tavrını da atan genç çevik bir şekilde oradan oraya koşturur olmuş.

Nihayet hasat bittiğinde ücretini alıp köyünün yolunu tutan genç, kendisini tembelliğin yavaşlattığını anlamış. Köyünde de hep bir işle meşgul olup çalışkan olmuş, boş boş oturmamış.

Bir varmış bir yokmuş. Yolumuz yokuşmuş, işimiz çokmuş, ama yapanımız yokmuş. Derken bir genç gelmiş işi yokuşa sürerken, derken derken her şeyi önüne katıp, ata da semeri atıp işleri kolaylamış. Öyleymiş böyleymiş. Bunu masalımız söylemiş.

HALDEN ANLAYAN HİZMETÇİ

Küçük iken al olur, zerre zerre bal olur, masal dinleyen çocuklar, elma yanaklı olur. Bu masal bana mektupla geldi. Zarfın içindekini kurtçuk yedi. Kurtçuk, ben bu masalı zaten biliyorum, dedi ve başladı anlatmaya ...

Bir varmış bir yokmuş. Masal masal içinde, çocuklar neşe içinde. Köyde kar var. Yanakları al al olmuş çocuklar birbirlerine kartopu atar. Havuç burunlu kardan adam ise masal anlatmamız için bize bakar. Bir zamanlar emrinde birçok hizmetçisi bulunan zengin bir padişah yaşarmış. Padişah, bu hizmetçilerin arasında birini daha fazla severmiş.

Bir gün padişah vezirleri ile birlikte ava çıkmış. Hava çok sıcakmış. Uzaktan bir dağ görünmüş ve o dağın tepesinde kar varmış. Padişah başını kaldırıp o dağın tepesine bakmış. Padişah bu işe çok şaşmış. Güneş tepede parıl parıl yanarken, bu dağın tepesindeki kar nasıl erimez diye düşünmüş durmuş. Süt beyaz olan kar ne de güzel görünüyormuş. Padişah uzun bir süre gözlerini o dağın tepesinden alamamış.

En çok sevdiği hizmetçisi padişahın sıcaktan bunaldığını ve kar suyu içmek istediğini anlamış hemen.

Diğer hizmetkârlar kılını bile kıpırdatmazken bu hizmetçi, atıyla dağa doğru yol almış. Az gitmiş uz gitmiş, gövdesi dağları taşları kaplayan bir zeytin ağacına rastgelmiş. Gölgesinde dinlenmiş. Büyük kayalar aşmış, dikenli yollara basmış, en sonunda karlı tepeye ulaşmış. Tam yerden kar alıp heybesine koyacakken karşısına bir dev çıkagelmiş. Hizmetçi, devi karşısında görünce ürkmüş ve elindeki kar parçasını yere düşürmüş. Dev ona buradan kar alamayacağını söylemiş. Hizmetçi de kendisi için almadığını, padişahı için almak istediğini söylemiş. Bunun üzerine dev, "Padişah efendiniz çok cömert ve iyiliksever biridir. Bilirim. Eğer onun için alıyorsan sana engel olmayacağım" demiş. Hizmetçi heyecanla ve sevinçle yerden aldığı karları tekrar heybesine doldurup yola çıkmış. Az gitmiş uz gitmiş yokuşlardan geçmiş, oyuklardan atlamış derken padişahın yanına varmış.

O sırada padişahın hizmetçileri yemek hazırlamaktaymış. Sofralar kurulmuş, türlü türlü yiyeceklerden yemeye başlamışlar.

Sofrada her şey varmış, ama padişah kendisini serinletecek soğuk bir içecek istiyormuş. Hizmetçiler padişaha, ellerinde böyle bir içeceğin bulunmadığını söyledikleri sırada padişahın en sevdiği hizmetçisi heybesindeki kar parçalarını sürahinin içine koyup padişaha sunmuş.

Padişah o hizmetçiye, "Sana bu karı dağ başından getirmeni kim söyledi" demiş. Hizmetçi de,

- Padişahım, kimse söylemedi. Fakat benim âdetimdir; daima sizin yüzünüze bakarak, sizin yüz ifadenizden ne istediğinizi anlarım ve ona göre davranırım. Sizin iki defa dağın tepesine baktığınızı ve gözünüzü oradan alamadığınızı görünce, canınızın kar istediğini anladım. Ben de gidip dağın tepesinden size kar getirdim, deyince, padişah şöyle demiş:

- Ey hizmetkârlarım! Belki içinizden bu kardeşinizi niçin çok sevdiğimi merak edenleriniz olmuştur. Merak edenler cevabını az önce aldılar. Onu çok seviyorum çünkü o, benim ne demek istediğimi bakışlarımdan bile anlıyor, demiş.

Diğer hizmetçiler de kendilerine o hizmetçiyi örnek almışlar. Huzur içinde yaşamışlar ...

İYİ NİYETLİ FARE

Üstü çayırdır çimen biçilir, altı çeşmedir suyu içilir, gezdim çimende, içtim suyumu, sana bir masal anlatayım, getirsin uykunu ...

Bir varmış bir yokmuş. Günlerden bir gün şehirlerin birinde, şirin mi şirin bir kasaba içinde başıboş gezen bir köpek, farenin birini kedinin pençesinden kurtarmış. Fare de teşekkür edip kilerindeki en leziz yiyeceklerden ona ikram etmiş. Köpek önünde duran çeşit çeşit yiyeceklerden güzel bir ziyafet çekmiş. Karnını doyurduktan sonra kulübesine girip mışıl mışıl uyumuş. Tatlı tatlı rüyalar görmüş. Rüyada ağzından alevler saçan bir ejderhanın sırtına binip masal dağına çıkmış. Gürül gürül akan şelalelerin altından geçip, içleri yiyecek dolu mağaraların önünde durmuşlar. Ejderha kanatlarını savurup oradan uzaklaşmış. Köpek evine nasıl döneceğini kara kara düşünürken, karşısındaki yemekleri görünce bütün her şeyi bir anda unutuvermiş. Tam karpuzdan, kirazdan, incirden, çikolatalardan, leziz etlerden tatmak üzereyken uyanmış. Başını iki tarafa doğru sallayıp gördüğünün rüya olmadığına inanmak istemiş. Ama bu sadece bir rüya imiş ...

Ertesi gün köpek farenin yuvasının önüne gelmiş ve yüksek sesle havlamaya başlamış. Gözlerini ovuşturarak dışarı çıkan fare şaşkınlıkla sormuş,

- Hayırdır havhavcık, niçin kapımın önünde bağırıyorsun?

Susuversen birazcık, yavrularımı korkutuyorsun.

Köpek, kuyruğunu sallayıp, "Açım da o yüzden havlıyorum" demiş.

İyi niyetli fare içinden, "Kapıya kadar gelen boş çevrilmez. Zavallı, demek ki bir lokma yiyecek bulamadı. Gideyim de ona biraz peynir ekmek getireyim" demiş ve kilerden getirdiği yiyecekleri köpeğin önüne koymuş. Böylece karnını doyuran köpek, fareye teşekkür bile etmeden arkasını dönüp gitmiş.

O günden sonra da bu alışkanlığını devam ettiren köpek, acıktığı zaman farenin yuvasının önüne gelip havlamaya başlamış. İyi niyetli fare köpeğin bu tutumundan rahatsız olmuş. Köpeği böyle beslemeye devam ederse birkaç gün içinde bütün yiyeceğinin tükeneceğini farketmiş. Artık bu işe bir son vermek için kapısının önünde havlayan köpeği şöyle uyarmış:

- Hey havhavcık havhavcık!

Sana bir daha yiyecek veremem.

Git, sen de herkes gibi çalış kazan

Benim de üç yavrum var elime bakan!...

"Beni beslemek zorundasın" diyerek dişlerini gıcırdatmış köpek.

"Nedenmiş?" diye sormuş fare.

"Çünkü seni kedinin pençelerinden kurtardım. Hayatını bana borçlusun" demiş köpek sırıtarak.

İyi niyetli fare dudaklarını burkup, "Ya, öyle mi! Demek karşılıksız iyilik yapmayacağını söylüyorsun. Madem öyle, günlerdir önüne koyduğum yiyecekler yaptığın bu iyiliğin karşılığı olsun" deyip kapıyı köpeğin yüzüne kapamış.

Köpek o günden sonra gene arsızlık edip farenin kapısına dayanmış, ama fare hiç oralı olmamış. Yaptığı işin karşılığını bekleyen ve bunu dostluk için yapmayan havhavcık, hayatta kendine hiç dost edinememiş.

Gökten bir sepet inmiş. Sepetin içinde üç dilim tereyağlı ve ballı ekmek varmış. Bir dilimi masalı anlatana verelim, diğerini masalı dinleyen yesin, üçüncüsünü de iyi niyetli fareye verelim. O da ekmeği çocukları arasında paylaştırsın. Bir masal daha dinlemek isteyen çocuklar, dişlerini fırçalamayı unutmasın ...

NAZLI KIZ

Hey kuş, nereden geldin? Uçtum uçtum dereden geldim. Bana ne getirdin? Bir masal getirdim kenarları gümüşten, gözlerim kamaştı, bir şey anlamadım ben bu işten. Öyleyse gagandakini ver de kendim okuyayım, masalıma bir varmış bir yokmuş diye başlayayım.

Evvel zaman içinde, kalbur saman içinde, develer tellalken, pireler berberken, ben annemin beşiğini tıngır mıngır sallarken, köyün birinde anne babasının bir tanesi nazlı mı nazlı, güzel mi güzel, şirin mi şirin bir kız yaşarmış. Yalnız bu kız hiçbir iş yapmazmış.

Annesi ile babası ne yapıp ettiyse de kızlarını bir işin ucundan tutmaya ikna edememişler. Derken günler birbirini kovalayıp geçip gitmiş. Güz olmuş yapraklar sararmış, dökülmüş. Kış olmuş kardan adam yapmışlar, burnuna havuç takmışlar. Bahar olmuş çiçekler açmış, ağaçlar yeşil elbiselerini giyinmiş. Yaz olmuş kiraz kızarmış, kavun sararmış. Ay olmuş, yıl olmuş, zaman geçip gitmekten bıkmaz olmuş derken kız evlenecek yaşa gelmiş. Ama kızın hiçbir iş yapmadığını duyan onu istemekten vazgeçiyormuş.

Her nasılsa günün birinde delikanlının biri bu kıza âşık olmuş. Kızı babasından istemeye gitmişler. Kızın babası, "Ben size kızımı veririm, ama baştan söyleyeyim, benim kızım hiçbir iş yapmasını bilmez" demiş.

Oğlanın babası da, "Sen hiç merak etme, biz ona iki günde her şeyi öğretiriz" demiş. Kızın babasının bu işe hiç aklı yatmamış, ama gene de kızı vermiş.

Günler şimşek hızıyla gelip geçmiş. Derken düğün dernek yapılmış, kız gelin gitmiş. Nazlı kız yeni evinde de iki gün boyunca elini hiçbir işe sürmemiş. Akşam olmuş, yemek vakti gelmiş. Sofralar kurulmuş, herkes yemek yemeye çağrılmış, ama gelini çağıran olmamış.

Neyse, gelin, "Yarın nasıl olsa çağırırlar" demiş, yatıp uyumuş.

Sonraki günde aynı şey olunca kendiliğinden sofraya oturmuş. Bu sefer de kayınbabası (kocasının babası) geline,

"Kızım sen bu sofraya oturamazsın. Bu evde iş yapmayana ekmek yok" demiş.

Nazlı kız, sonraki sabah herkesten önce kalkıp

bütün işleri yapmış ve herkesle birlikte karnını doyurmuş. Bu sefer kimse ona, "Oturamazsın, yiyemezsin" dememiş. Günler böylece gelip geçmiş. Nazlı kız zamanla ev işlerini yapmayı öğrenmiş.

Bu arada nazlı kızı özleyen annesiyle babası, onu görmek için yola çıkmışlar. Az dememişler, uz dememişler, dere tepe çok dememişler, çok yol yürümüşler. İrili ufaklı şehirler geçmişler, dağdan ayrı, düzden ayrı yürümüşler, üç yerde mola verip, üç ağaç gölgesinde dinlenmişler. Sonunda kızlarının evinin önüne kadar gelmişler.

O sırada bahçede sarımsak temizleyen nazlı kız, uzaktan anne ve babasının geldiğini görünce koşarak yanlarına gitmiş, elindeki sarımsakları annesinin eline verip,

Anneciğim, bugün kayınvalidem kelle çorbası pişirecek, çabuk sen de bu sarımsakları soymaya başla da çorbanın içine atalım. Yoksa aç kalırsın. Bu evde iş yapmayana yemek yok, demiş.

Durumu anlayan babası, hem çok şaşırmış hem de çok sevinmiş. Masal da burada sona ermiş.

Onlar ermiş muradına, biz çıkalım masal dağına. Orada anka kuşu bekler bizi. Kanadına alır bizi. Uçarız her yere. Gideriz bütün gezegenlere. Anka kuşu anka kuşu ne güzeldir uçuşu.

AYCEMAL ile ÇOBAN

Eskiden masal anlatan çokmuş. Dedelerimi mi saysam, ninelerimi mi saysam? En iyisi ben sana güzel bir masal anlatsam. Birlikte gidelim kuleli padişahının ülkesine. Bakalım kim cevap verecek Aycemal'in bilmecesine ...

Bir varmış bir yokmuş. Evvel zaman içinde kalbur saman içinde, yaz oldu, bahçeden geldi evimize. Dışı yeşil içi kırmızı, meyvelerin en tatlısı, dilimledim ince ince, afiyetle yiyelim oyundan önce. Baldan tatlı karpuz, geliyor tabakta aman. İnanın bana, yemeyenler bin pişman. Zamanın birinde padişahın güzeller güzeli bir kızı varmış. Adı, Aycemal imiş. Aycemal ile evlenmek isteyen şehzadeler, krallar, zenginler, ağalar, paşalar, her gün padişahtan kızını istiyorlarmış.

Padişah da onlara, "Kızım, kendisini istemeye gelen herkese üç bilmece soruyor. Ancak, bu bilmeceleri bilen kişi onunla evlenebilir" diyerek, gelenleri Aycemal'e gönderiyormuş. Ama ne var ki Aycemal'in karşısına çıkan tâlipliler, onun sorduğu bilmeceleri bir türlü bilemiyorlarmış.

Günün birinde bir çoban, Aycemal ile evlenmek üzere yollara düşmüş. İçi yemişlerle dolu bağlar bahçeler geçmiş,

yolları taşlı dikenli köylere varmış, dağdan ayrı, ovadan ayrı dolanmış, günlerce yemeden içmeden yürümüş yürümüş, en sonunda kendisini bir nehrin kenarına atıvermiş. Buz gibi sudan kana kana içmiş, ağaçlardan meyve kopartıp yemiş derken içi geçmiş, uyumuş. Bir zaman sonra uyanmış. Yoluna devam etmiş ama bir türlü saraya gelememiş. Bir yürümüş, iki hoplamış, üç uçmuş, nihayet sarayın önüne varmış. Kapıda bekleyen nöbetçilere,

- Ben, Aycemal'i istemeye geldim, bana yol verin, o ne sorarsa cevap vereceğim, demiş.

Nöbetçiler gülerek, "Çoban kardeş, bu saraya Aycemal için gelen nice ağalar, paşalar bilmeceleri yanıtlayamadı. Sen boşuna gelmişsin bunca yolu. Kolay değildir bu yolun sonu" demişler.

Çoban, "Bırakınız, ben de bahtımı bir sınayayım" diyerek içeri girmiş. Padişah onu da Aycemal'in yanına göndermiş. Aycemal, çobanı karşısına oturtup ona ilk bilmecesini sormuş:

- Uzun uzun cüzdan, ondan daha uzun cüzdan nedir, bil bakalım?

- Uzun uzun cüzdan duman alevi değil mi? Ondan uzun cüzdan bulut değil mi? Bildim mi dilberim, bilmedim mi?

Aycemal, "bildin" diyerek ikinci bilmecesini sormuş: "Kamış ucu titrek, iğne ucu parlak" şimdi de bunu bil de görelim, demiş.

- Kamış ucu titrek, rüzgâr değil mi, iğne ucu parlak, ışık değil mi? Bildim mi dilberim, bilemedim mi?

Aycemal, "bildin" diyerek üçüncü ve sonuncu bilmecesini de sormuş. Bu sırada çoban heyecandan küçük dilini yutmak üzereymiş. Telaştan dilini zor döndürür olmuş, eli ayağına dolanmış. "Takır tukur takırdak, içi dolu sevgi" bunu da bilirsen seninle evlenirim, demiş.

- Takur tukur takırdak beşik değil mi, içi dolu sevgi, çocuk değil mi? Bildim mi dilberim, bilemedim mi?

Aycemal, "bildin" diyerek çobanı babasının yanına götürmüş. Babasına, çobanın üç bilmeceyi de cevapladığını söylemiş. Babası da onlara kırk gün kırk gece düğün yapmış. Çoban, o günden sonra Aycemal ile birlikte sarayda mutlu bir hayat sürmüş ... Bu ne güzel bir masal böyle ... Herkes mutluluktan uçuyor. Elimde bir uçurtma, bulutlara çıkıyor. Uçurtmanın kuyruğu masal dağında, uçtu uçtu uçurtma, Kafdağına vardı uçurtma. Anka kuşuyla arkadaş oldular, sevinçle başka şehirlere uçtular. Bu ne güzel bir masal böyle ... Bir varmış bir yokmuş, bu masalı dinleyen herkes mutluymuş.

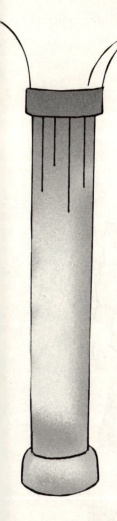

SERÇE BURUN

Bir dalda var beş badem, beşini birden kopardı bu âdem. Birini karga aldı, üçünü güvercin gagaladı, kala kala bana bir badem kaldı. Ben de onu nineme verdim, ninem anlattı ben dinledim ...

Bir varmış bir yokmuş. Allah'ın kulu çokmuş. Eskiden Bağdat şehrinde bir padişah varmış; her şeyi varmış ama çocuğu yokmuş.

Aradan aylar, yıllar geçmiş. Padişahın bir kız çocuğu dünyaya gelmiş. Padişah öyle mutlu olmuş ki halkıyla beraber üç gün üç gece şenlik yapmış. Padişah kızına Cevhertaş ismini koymuş.

Gel zaman, git zaman, Cevhertaş büyümüş, güzelliğiyle herkesi kendisine hayran bırakmaya başlamış. Bu kız güzel olmasına güzelmiş ama insanlara kötü lakaplar takarak onlarla eğleniyormuş.

Cevhertaş'ın güzelliğini duyan diğer ülkelerin padişahları, onu babasından istemek için Bağdat'a gelmişler. Padişah her geleni karşılayıp ağırlamış, ama kızı kendisini istemeye gelenlerin hiçbirini beğenmemiş. Üstelik onlara kötü davranıp lakaplar takarak hepsini saraydan kovmuş.

Kimisine "pasaklı" demiş, kimisine "uzun kulak", kimisine de "çarpık bacak, avanak, uzun parmak" gibi lakaplar takmış. Padişah, kızının bu davranışlarından dolayı çok üzülüyormuş. Bir talipli daha Cevhertaş'ı görmek için sırada bekliyormuş. Babası kızına,

- Salonda seni görmek için bekleyen bir şehzade var. Onu da kötü lakap takıp gönderirsen, bundan sonra seni dilenci bile istese ona vereceğim, demiş.

Kapıda beklerken bu konuşmaları duyan genç şehzade, biraz sonra içeriye davet edilmiş. Cevhertaş, bu şehzadeyi de kabul etmemiş ve,

- Ben bu serçe burunlu ile evlenmem, demiş.

Şehzade boynunu büküp saraydan çıkmış. Yolda gördüğü ilk dilenciyle elbiselerini değiştirmiş, doğruca saraya gidip kızı babasından istemiş. Kızın babası da Cevhertaş'ı bu dilenci kılıklı şehzadeye vermiş.

Cevhertaş ile şehzade uzunca yürüdükten sonra bir ormana varmışlar. Balta girmemiş dev ormanı gören Cevhertaş hayretler içinde kalmış. Rengârenk papağanlar daldan dala uçuşuyormuş, derelerin sesi gürül gürül her bir yanı sarmış. Sincaplar, maymunlar o ağaç senin bu ağaç benim diye birbirleriyle yarışıyorlarmış. Bu ne güzel bir ormanmış böyle! Cevhertaş merakla,

- Ömrümde böyle büyük ve bu kadar büyüleyici bir orman görmedim. Acaba bu orman kimindir, demiş.

- Bu, Serçe Burun'un ormanıdır, demiş genç şehzade.

Daha sonra, geniş bahçeli evler, köprüler, hanlar, hamamlar görmüşler. Kız her seferinde "bu kimindir" diye sormuş, şehzade de, her biri için, "Serçe Burun'un" diye cevap vermiş.

Kız hıçkırarak ağlamaya başlamış, "Beni istemeye gelenlere hep kötü lakaplar taktım. Serçe Burun da bana talipti. Ama onu da sarayımızdan kovdum. Sanki benim hiç kusurum yokmuş gibi insanlarda hep kusur aradım. Geç de olsa pişman oldum. Haydi beni yeni evimize götür. Nasıl ki ben bu kötü huyuma tövbe ettim, sen de dilenmeye tövbe et. Çalışıp çabalayalım da kimseye muhtaç olmayalım" demiş.

Dilenci kılıklı şehzade onu saraya götürmüş. Cevhertaş saraya geldiklerini görünce şaşkınlığını gizleyememiş. Üzerindeki eski elbiseleri çıkarıp saray kıyafetlerini giyen Serçe Burun Cevhertaş'a her şeyi bir bir anlatmış. Cevhertaş bir daha hiç kimseye kötü lakap takmamış. Bu mutlu sona kızın babası da çok sevinmiş. İki şehir halkı kırk gün kırk gece düğün dernek kurup bayram etmişler ... Başladı masalın masalı, bitti masalın masalı. Rüyalardan çıkageldi bir güzel, elinde bir sepetle kiraz getirdi bize, ne güzel ... Kirazları yiyelim afiyetle, her günümüz dolsun güzelliklerle.

BABA ile
ÇOCUĞUN SEVGİSİ

Bir gün dedem ile koyun gütmeye gittik. Hava çok sıcaktı. Sıcaktan pişti her yanımız. Koyunlara su verdik, içsinler diye. Sonra sürüyü kattık önümüze, vardık büyük bir denize. Bir de baktık ki ne görelim, deniz donmuş. Buza topuzla vurmamıza rağmen delinmedi. Koyunları sürüp geldik eve. Evin önünde gürül gürül akan bir dere. Koyunlar su içerken, dedem çul serdi yere ve başladı bir varmış bir yokmuş diye ...

Bir zamanlar bir ihtiyar adam küçük oğluyla çölde yürüyormuş. Az gidip, uz gitmişler, çöl kumları içinde güç bela adım atıyorlarmış. Bir aralık başlarının üstünden bir kuş geçmiş. Oğlu babasına, "Hangi kuş uçup geçti?" diye sorunca, ihtiyar adam oğluna o kuşun ismini söylemiş.

Bir süre yürümüşler. Yine o kuş görününce oğlu ikinci kez sormuş ve ihtiyar adam sevgiyle cevap vermiş. O kuş yedi kez görünmüş ve o küçük çocuk yedi kez aynı soruyu sormuş. Babası her defasında sevgiyle ve sabırla cevap vermiş.

Aradan yıllar geçmiş. Çocuk büyümüş, boylu postlu bir delikanlı olmuş. Bir gün babasıyla birlikte uzunca bir yola çıkmaya karar vermişler. Az gitmişler uz gitmişler, dere tepe düz gitmişler. Zaman kâh geçmiş kâh geçmemiş, gün doğmuş, güneş tepede sıcaktan herkesi pişirmiş, akşam olmuş herkesler soğuktan titremiş. Baba ve oğlu da pişmiş, üşümüş, yorulmuş, dinlenmiş, uyumuş, rüyalar görmüş derken çöle varmışlar ve yıllar önce çocuğun babasına bir kuşun ismini yedi kere sorduğu yere gelmişler. Gene bir kuş başlarının üstünden uçup

gitmiş. İhtiyar adam oğlunun sabrını ve sevgisini denemek istemiş:

- Ey oğlum, bu kuşun adı nedir, diye sorunca oğlu babasına o kuşun adını söylemiş.

O kuş ikinci kez görününce adam oğluna tekrar o kuşun ismini sormuş. Oğlu babasına şöyle demiş:

- Ey baba! Yaşlandın, aklında bir şey tutamıyorsun. Bu kuşun adını az önce söylemiştim ama hemen unutuvermişsin!

Babası üzülmüş, gözleri dolmuş ve oğluna şöyle demiş:

- Ey oğlum! Ben seni denemek için böyle yaptım. Yıllar önce sen bana bu kuşun adını yedi kez sormuştun da ben sana her defasında sabırla ve güler yüzle cevap vermiştim. Şimdi ben sana aynı soruyu ikinci kez sorduğumda beni neden azarlıyorsun? Ben sana böyle öğretmedim. Bu tavrın doğru değildir.

Genç yaptığı hatayı anlayıp babasından özür dilemiş. Babası da onu affetmiş. Sohbet ederek yollarına devam etmişler ... Az gitmişler, uz gitmişler, şeftaliden, üzümden yiyerek, soğuk sulardan içerek, üç ayla, bir güz giderek. Sonra yorulup, küçük adımlarla bir arpa boyu yol giderek gönüllerince gezip dolaşmışlar.

GÜMÜŞ HAZİNE

Ay başım! Ay başım der misin? Sana bir masal anlatsam beni dinler misin? Benden sana bir öğüt, kendi ununu kendin öğüt. Bu öğüdü dedem verdi. Sonra bana bir masal anlattı. Ben dinledim, o söyledi. O da kırkıncı torunundan duymuş. Bakalım eski zamanların birinde ne olmuş?

Bir varmış bir yokmuş. Evvel zamanın birinde, şirin bir köyün içinde yaşlı bir adam bir tane oğluyla yaşarmış. Yaşlı adam ölmeye yakın oğluna, "Oğlum, tarlamızın altında gümüş hazinem var, onu kazıp alırsan karnın aç kalmaz, kimselere muhtaç olmazsın" demiş.

Aradan üç gün, üç gece geçmiş. Delikanlının babası

Hakk'ın rahmetine kovuşmuş. Delikanlı, babası öldükten sonra tarlayı durmadan kazmış, derin çukurlar açmış. Güneşin doğumundan gece yarılarına kadar sürekli kazma vurup, kürek sallamış ama hiçbir şey bulamamış.

Çaresiz kalınca bir bilgine gidip, "Babam, tarlada gümüş bir hazinem var, onu kazıp bulursan, ele avuca bakmazsın deyip gitmişti, şimdi ise hiçbir şey bulamıyorum" demiş.

Bilge, "Sen babanın vasiyetini anlamamışsın. Baban sana toprak bırakıp gitmiş. Sen de toprağı sürüp tohum at, tarlanın bakımını güzel yap. İşte o zaman ürünlerin bolca çıkar. Sen de bir güzel hasat yaparsın. Böylelikle kimseye muhtaç kalmadan yaşarsın, kendi ununu kendin öğütürsün" demiş.

Babasının vasiyetini anlayan delikanlı kollarını sıvamış, bilgenin dediği gibi yapmış; ne aç kalmış ne de açıkta kalmış ... Bu ne şeker bir masalmış.

AKIL-İLİM-BAHT

Minareden bir taş attım yayıldı, suya düştü bayıldı, ben de ona bu masalı anlattım, hemencecik ayıldı. Bir varmış bir yokmuş.

"Akıl, ilim ve baht üçü de birbirlerinin yeteneklerini karşılaştırıp aralarında hangimiz daha üstün diye bir tartışmaya girmişler. Üçü de bir karara varamayıp bir âlime danışmışlar. Âlim, üçüne sırayla şunları söylemiş:

- Ey baht, sen sabırsızsın, konacağı yeri bilmeden uçup duran kuş gibisin. Akılla birleşirsen çok yaşarsın.

- Ey ilim, dünyada senden daha güçlü kimse yoktur. Kara taşı kaynatıp dünyayı aydınlatırsın, ama bütün dünyayı kendine çekmek istiyorsun. Sen de akılla birleşirsen huzurlu ve uzun bir hayat sürersin.

- Ey akıl, dünyada insanoğlu için senden üstün bir dost yoktur. Ancak bulunduğun yere öfke geldiğinde yerini ona bırakıyorsun. Böyle kendinden uzaklaşıyorsun. Kanadı kırık kuş gibi kalıyorsun. Tekrar güzelce uçmak için, dokunduğu her yere zarar getiren öfkeden uzak dur. İlk baştan, yerinden kalkmayıp oturursan, öfke senin bulunduğun yere asla giremez.

- Akıl, sen hep yerinde kal. İlim ve baht arkadaşın olsun. Eğer üçünüz birleşirseniz hiçbir derdiniz, tasanız olmaz.

Akıl, ilim ve baht, âlime teşekkür edip yanından ayrılmışlar. O gün bu gündür üçü hep birlikte hareket etmiş. Aklını kullananlar yeni yerler keşfetmiş, yeni icatlar bulmuş. Bu üçünü birleştirmeyenler ise hep pişman olmuş ...

KÖSE ile DEV

Takur tukur takanı, içinde var bakanı, uzat bana elini, dilini değil elini, çağıralım evvel zaman içinde yaşayan birini, gelip otursun karşımıza, hemen başlasın masalımıza.

Efendim, mefendim, pirelendim. Ben de bu masalı dedemin büyük dedesinden dinledim. Bir varmış bir yokmuş. Evvel zaman içinde, kalbur saman içinde karıncalar saklambaç oynarken bir oyuk içinde. Ben diyeyim şu yamaçtan, siz deyin şu ağaçtan, kaçtı kaçtı, tüyleri yeşil bir kuş kaçtı. Yeşil yeşil havalandı, çok uzaklara uçamadı. Uçar mı uçmaz mı demeye kalmadı; sincap düştü eşikten, tavşan düştü beşikten... Sonra biri kaptı sobadan maşayı, biri bodrumdan aldı meşeyi, döndürdüler bana dört köşeyi. Bir zamanlar bir Köse ile bir dev dağda karşılaşmışlar. Birbirlerine kendi kahramanlıklarını övünerek anlatmışlar.

Köse, "Dev ağabey, benimle yarışır mısın?" demiş. Dev gülümseyerek,

- Sen mi yarışacaksın benimle? Seni parmağımın ucuyla bile yenerim, demiş.

Köse içinden korkmuş, ama korktuğunu hissettirmeden konuşmasına devam etmiş:

- Öyle öyle, dev ağabey ama ben de devlerle çok güreştim ya!

Dev, Köse'yi de alıp evine gelmiş, ona, "Köse efendi, bakalım ne kadar güçlüsün. Benim yaptığım işleri yap da görelim" demiş ve hemen onu dağdan odun getirmeye yollamış.

Köse, devin dağdan odun getirmek için kullandığı ipi eşeğe yükleyip yavaş yavaş dağın yolunu tutmuş. Bu işin üstesinden nasıl geleceğini düşünüyormuş bir yandan. Sonra, getirdiği iple dağın çevresindeki ağaçları bağlamaya başlamış. Derken, dev de dağa gelip Köse'nin ne yaptığına bakmış. Köse'nin ağaçları bağladığını görünce, merakla,

- Hey Köse efendi, sen ne yapıyorsun, demiş.

Köse de soğukkanlılıkla, "Ne yapabilirim dev ağabey, ben senin gibi her gün dağa odun almaya gelmiyorum. Bu odunları birer birer getiremem. Ben bu ağaçları yerinden koparıp senin evinin önüne götüreceğim. Böylece, senin de her gün dağa gelmene gerek kalmayacak" demiş.

Dev heyecanla, "Köse efendi, sen ağaçları yerinden sakın sökme. Bu ağaçlar, bu güzel dağ bana babamdan miras kaldı. Sen yorulma, ben birkaç parça odun alıp evime dönerim" demiş.

Birkaç gün geçtikten sonra devin suyu bitmiş. Dev Köse'ye, "Suyumuz bitti. Al şu fıçıyı da kuyudan su getir" demiş. Devin fıçısı 150 kova su alıyormuş. Köse, göz ucuyla fıçıya bakmış,

- Bu kadar su kime yeter ki, sen yağlı çörek yap, ben de su getireyim, demiş ve dışarı çıkmış.

Köse, kuyunun yanına varınca önce kollarını sıvamış, sonra da kuyunun dibine inmiş. Cebinden çakısını çıkarıp kuyunun dibini kazmaya başlamış. Bu sırada dev, çöreği pişirip sofrayı hazırlamış. Köse'nin hâlâ gelmemesi onu çok meraklandırmış. Doğruca kuyunun başına gelmiş ve ne olup bittiğini anlamak için şaşkınlıkla, kuyunun içine doğru eğilerek sormuş:

- Hey Köse efendi, orada ne yapıyorsun?

Köse, "Ne yapabilirim dev ağabey, sana kolaylık olsun diye kuyuyu dibinden kesip doğru senin evine kadar su götüreceğim. Bundan böyle fıçı ile su taşımana gerek kalmayacak!" demiş.

Dev bu duruma razı olmamış, "Yok Köse efendi, ben bu kuyudan senelerdir su içiyorum, kuyunun suyunu bulandır-

ma. Sen çık oradan, suyu ben kendim alıp getiririm" diyerek Köse'yi kuyudan çıkarmış, ona bir kese altın verip,

Al, bu benim sana hediyem olsun.

Var git köyüne.

Seninle yarışmak benim neyime!

diyerek Köse'yi uğurlamış. İkisi de mutlu bir şekilde yaşamış. Masalın masalı başlamış, masalın masalı bitmiş. Devamı ertesi geceyeymiş.

ÜÇ KARDEŞ

Bir varmış bir yokmuş. Allah'ın kulu darıdan çokmuş. Var varanın, sür sürenin ... Destursuz bağa girenin sopa yemesi çokmuş.

Eskiden uzak köylerden birinde üç kardeş yaşarmış. Üç kardeşin ikisi evli, biri bekârmış. Bu üç kardeş, yaşadıkları yerde kıtlık baş gösterince, başka bir memlekete gitmeye karar vermişler. Tan vakti yola çıkmışlar. Gitmişler gitmişler, gece gündüz dememişler, yokuşlu yollar yürümüşler. Yorulduk demeden, uyku bilmeden, yemek yemeden, su içmeden saatlerce yürümeye devam etmişler. Sonunda insan eli değmemiş bir ormana gelmişler.

Bekâr olan küçük kardeş, odun toplamak için ormanda dolaşmaya çıkmış. Ama ne var ki sırtına biraz odun yükleyip geri dönerken yolunu şaşırmış. Bir türlü geldiği yönü bulamıyormuş. Ağabeyleri de onu merak edip üç gün üç gece aramışlar, ancak onun izine rastlayamamışlar. Ağaçların kovuklarına, mağaralara, kıyılara, köşelere, adım atılmamış yollara bakmışlar bakmışlar bulamamışlar. Çaresizce ve üzülerek yollarına devam etmişler.

Bekâr oğlan, bu ormanda tek başına üç yıl kalmış. Bu üç yıl içinde ormanı karış karış dolaşmış. Sonunda yaprakları şarkı söyleyen bir ağaçtan kendisine kaval yapmış.

"Canımın sıkılmaması için bir çare buldum" diye sevinmiş. Hevesle kavalı çalmaya başlamış. O kaval çaldıkça dağlar başlarını eğmiş. Sağır hayvanlar bile kavalın sesini duyup dinlemiş. Irmaklar daha neşeli akmaya başlamış; kuzular, tavşanlar, sincaplar, kediler, kuşlar hep birlikte kavalın bu tatlı sesine kulak vermiş. Bekâr oğlan zamanla kavaldan değişik, daha önce hiç duyulmamış sesler çıkarmaya başlamış. Kavalın sesini duyan hayvanlar sürekli onun etrafında toplanır olmuşlar.

Bir hafta geçmiş, bir ay geçmiş. Kaval dinlemekten usanan hayvanlar dağılmışlar.

Oğlan, "Ben niçin burada kalıyorum? Aşılacak dağı aşayım, geçilecek suyu geçeyim" diyerek gece gündüz yol almış. Nihayet üç ayın sonunda büyük bir nehrin kıyısına varmış.

Nehir kenarında bir kasaba kuruluymuş. Oradaki bazı insanlar bu oğlanı misafir edip ağırlamışlar. İnsan yüzüne ve konuşmasına hasret kalan bu oğlan almış kavalı eline, Allah kuvvet vermiş nefesine ...

Kavaldan öyle güzel nağmeler çıkmış ki bu büyüleyici güzellikteki sesi duyan gelmiş, duyan gelmiş ... Böylelikle kasabanın meydanı insanla dolmuş taşmış.

Oğlan, kaval çalmayı bıraktığı sırada soluklanırken, meraklı insanlar onun kim olduğunu öğrenmek için yanına gelmişler. Gelenlerin içinde ağabeyleri de varmış. Birbirlerini görür görmez sevinç içinde sarılıp hasret gidermişler.

Üç kardeş tekrar kavuşmanın mutluluğu ile kasabada büyük bir sofra hazırlatmış. Herkes sofradaki, birbirinden lezzetli yiyeceklerle karınlarını doyurmuş. Bir zaman geçmiş, iki zaman geçmiş derken bekâr oğlan büyüyüp serpilmiş, ağabeyleri de onu güzel huylu, şirin bir kızla evlendirmiş. Kırk gün kırk gece düğün yapmışlar. Huzurla, bir ömür yaşamışlar.

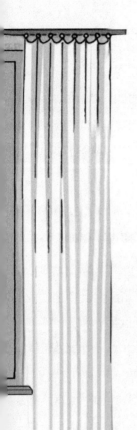

BİRLİKTE DİRLİK

Dal, dalda, bel belde. Bir masal kuşum var, öter her yerde. Birçok şey varmış, birçok şey yokmuş. Kuşumun kursağına, masalcı dedeler salıncak kurmuş. Evvel zaman içinde, kalbur saman içinde, vay başıma, hay başıma, bu nehir geçilecek gibi değil, bir kuş çıkagelse karşıma, alsa beni sırtına kanadına. Demeye kalmadı bir de baktım ki ne göreyim? Adıyla sanıyla, yeşiliyle, akıyla zümrüdüanka gelip kuruldu karşıma. Bindim zümrüdüankanın kanadına, uçurdu beni Kafdağı'na. Böylece başladı masalımız. Bir varmış, iki yokmuş, üç konmuş, dört uçmuş.

Bir adamın üç çocuğu varmış. Üçü de birbirini sevmezmiş. O adam çocuklarına hep şöyle nasihat edermiş:

- Evlatlarım, birbirinize kötü davranmayın, omuz omuza verip çalışırsanız her işin üstesinden gelirsiniz!

Fakat evlatları babalarının nasihatini kulak ardı edermiş. Bir araya geldiklerinde ise kavga etmeden duramazlarmış. Gel zaman git zaman. Babaları, bir gün üçünü de karşısına almış:

- Evlatlarım, böyle küs olup gezmeyin, birlik olup gezin! Siz böyle davranıp kavga etmeye devam ederseniz, herkes bileğinizi büker, demiş. Küçük evladı babasına,

- Babacığım, gücüm kuvvetim yerindeyken kimseye yenilmem, deyince, babası ona, "Git de kapı önündeki süpürgeyi buraya getir" demiş. O da süpürgeyi getirip babasına vermiş. Adam, en büyük çocuğundan başlayarak, süpürgeyi kırmalarını söylemiş.

Üçü de uğraşmışlar, ama süpürgeyi kıramamışlar. Babaları bu kez süpürgenin tellerini çözmüş ve süpürgeyi parçalayıp onların ellerine vermiş. Evlatları da hiç zorlanmadan bu parçaları kırmışlar.

"İşte gördünüz mü?" demiş babaları,

- Siz de o süpürge gibi birlik olursanız, sizi kimse büküp parçalayamaz. Fakat dağılırsanız, birlik beraberlik içinde olmazsanız sizi kimse toparlayamaz, demiş. Evlatları o günden sonra birlik olmanın çok önemli olduğunu anlayıp babalarının söylediği gibi birleşmişler. Hep kardeş kardeş yaşamışlar. Bir daha birbirlerini hiç incitmemişler ...

MİRZA ile NOGAY

Bir kekliğim var, küçücük yumurtası, pazar pazar dolaştım, yok mu bunun alıcısı? Derken, bir tavus kuşu geldi yanıma, "Bende para pul yok ama al sana masal" dedi. Yumurta ile masalı takas ettim. Dinle bakalım, iyi mi ettim, kötü mü ettim?

Bir varmış bir yokmuş. Çok eski zamanlarda, çöllerin ardında, uçsuz bucaksız nehirlerin yanı başında, dibi görünmez denizlerin sonunda, dik yamaçlara kurulu, iyi insanlarla dolu şirin bir köyde Mirza adında zengin bir adam ile Nogay adında fakir bir kişi yaşarmış.

Nogay, kendisine sorulan her soruyu düşünerek cevaplayan bilge bir kişiymiş. Mirza, Nogay'ın böyle olduğunu bildiği için onu her fırsatta denemek istiyormuş. Keyfi yerinde olduğu bir gün, Nogay'ın yanına varıp onunla eğlenmek istemiş.

Yolda ilerlerken de, "Şu âdemoğluna öyle zor bir soru sorayım ki cevap veremesin" diye düşünmüş durmuş.

Bir saat geçmiş, iki saat geçmiş derken üçüncü saatte Nogay'ın yanına varmış. Selâm verip yere bağdaş kurmuş ve Nogay'a, "Yoldan geldim. Dilim damağıma yapıştı, nefesim kurudu. Bir bardak soğuk suyun varsa çok makbul olur" demiş. Nogay mutfaktan sürahiyle buz gibi bir su getirerek ikramda bulunmuş. Mirza soluk alıp, ikinci bardağı yudumlamak üzereyken,

"Nogay, senin her söze bir anlam bulduğun herkesin dilinde … İnsanlar sana sürekli sorular soruyor. Benim sorularıma da cevap verebilir misin?" demiş.

Nogay da, "Sorunuzu sorun Mirzam, cevap vermeye çalışırım" demiş.

Mirza bıyık altından gülerek, "Ata at diyorlar, bu doğru fakat bazan da mat diyorlar. Ondan sonra ton diyorlar, fakat mon da diyorlar, çizmeye mizme de diyorlar, neden böyle söylüyorlar, demiş.

Nogay Mirza'ya dönerek, "Sormak istediğin başka bir şey var mı?" diye sormuş.

Mirza, "Daha ne olsun işte, et diyorlar, bu doğru, fakat met ne demek? Bere diyorlar, ama mere de ne demek, demiş.

Nogay Mirza'ya, "Birlikte ava gidelim, sorularının cevabını orada vereceğim" deyince, Mirza buna razı olmuş. Mirza hazırlık yapmak için evin yolunu tutmuş. Nogay da hemen hazırlanmaya başlamış. Kalın çoraplarını ve çarığını giymiş. Uzun paltosunu da omzuna atarak doru atına binmiş, Başına da kuzu derisinden bir bere geçirmiş. Ayrıca yanına yiyecek olarak bir parça kaz eti alıp Mirza'nın evine doğru yola çıkmış.

Mirza da omuzlarına dar biçilmiş kürkünü almış. Ayağına parlak çizmelerini giymiş. Başına ince bir bere geçirdikten sonra, torbasına da suda pişmiş bütün bir tavuk koymuş. Hiç ahırdan çıkarmadığı, sabana koşulmayan, soğukta binilmeyen, nazik beslenmiş atının üstünde Nogay'ı karşılamış.

Birlikte ormana doğru gitmişler. Çayır çimen geçmişler, gül koklayıp bülbüle kulak kesilmişler, çam ağaçlarına sırt verip dinlenmişler, buz gibi sulardan içmişler, uzunca bir süre atların nalları ile toprağı dövmüşler ve dereler aşıp sazlıklar geçmişler.

Mirza Nogay'a,

- Acıktım ve üşümeye başladım, burada mola verelim, demiş.

Nogay, "Mirzam, burada durmayalım, düzlüğe çıkınca dururuz, buradan bir şey görünmüyor, vahşi hayvanlara karşı savunmasız oluruz" demiş ve bunun üzerine yollarına devam etmişler. Az gitmişler, uz gitmişler, uçurumların ağızlarından dönüp, kıvrımlı yollardan yürümüşler. Dereyi tepeyi aşıp geçmişler, incire çıkıp incir yemişler, cevize varıp ceviz yemişler ve en sonunda bir düzlüğe varıp burada mola vermişler. Nogay Mirza'ya,

- Atları ayaza karşı koyalım, soğuğa alışsınlar, demiş. Böylece atları ayaza karşı bırakmışlar. Fakat Mirza'nın özel olarak beslenen atı ayaza karşı dayanamamış ve tir tir titremeye başlamış. Mirza da atı gibi titriyormuş. Nogay ile atı, bu soğuktan hiç etkilenmemiş. Nogay Mirza'ya,

- Yemek memek yiyelim artık, demiş. Mirza, soğuk havanın ve açlığın tesiriyle torbasındaki haşlanmış tavuğu aceleyle çıkartmış. Fakat tavuk eti buz tuttuğu için yemek mümkün olmamış. Nogay da torbasındaki bir parça semiz kaz etini çıkarmış ve gülümseyerek yemeye başlamış. Sonra, bir atlara bir de Mirza'ya bakıp şöyle demiş:

- Mat dedikleri budur, at dedikleri de budur, diyerek kendi atını göstermiş. Sonra kendi paltosunu eliyle işaret ederek, işte Mirzam buna, palto derler, seninkine de malto derler. Bere dedikleri benim berem, mere dedikleri de senin beren gibidir.

Mirza kaşlarını çatınca, Nogay sözünü alttan almış ve konuşmaya devam etmiş, "Sinirlenme Mirzam, işte et dedikleri benim etim, met dedikleri de senin etindir" diye Mirza'nın elinde tutup da yiyemediği buz tutmuş tavuk etini göstermiş.

Mirza daha çok sinirlenmiş. Titremekte olan atına binerken, "Çizme ile mizmenin arsındaki farkı bilemedin ama" demiş. Nogay, bir eliyle Mirza'nın ayağındaki parlak çizmelerden birini tutmuş,

- İşte Mirzam, "mizme" dedikleri budur, "çizme" de benim ayağımdakilerdir, demiş. Mirza ardına bakmadan atını yıldırım gibi sürüp gitmiş. O günden sonra, sadece öğrenmek için soru sormuş.

Gökten üç nar düşmüş. Birini tavus kuşu yesin, birini kekliğim gagalasın, birini de biz yiyelim. Meyve yiyip çabuk çabuk büyüyelim ...

İYİ KOMŞU

O nedir ki suya düşer ıslanmaz; o nedir ki yer altında paslanmaz, bir masalım var, bunu dinleyen iyilik yapmaktan usanmaz. Gece gider üşümez, gündüz gider üşenmez, insan olan nasıl düşünmez. Düşündük taşındık, bir varmış bir yokmuş, diyerek masalımıza başladık.

Ne uzakta ne de yakında, yanı başımızda yaşayan yoksul bir aile varmış. Bu ailenin hanımı yemekleri hep küçük bir tencere içinde pişirirmiş. Fakat bu tencerede pişen yemekle aileyi doyurmak mümkün değilmiş.

Bu yoksul aileyi kimse arayıp sormazmış. Bu ailenin sofrasından bayat ekmekle kuru soğan hiç eksik olmazmış. Bir yaz günü bu fakirin evine ilk defa komşularından bir kadın gelmiş. Evin hanımı bu ziyaretten dolayı oldukça şaşkınmış. Çünkü yıllardan beri kimseler kapılarını çalmazmış. Oturup koyu bir muhabbetin eşliğinde çay içmişler. Misafir, ocağın üstünde kaynayan tencereyi görmüş ve evin hanımına dönerek şöyle demiş:

- Bu tencerenin içinde ne pişiriyorsunuz?

- Çocuklarım için akşam yemeği pişiriyorum.

- Sizin aileniz çok kalabalık. Sadece bir tencere yemekle doyabiliyorlar mı?

- Yeteri kadar doyamıyorlar, ama ne yapalım! Ne ikinci bir tencereyi alacak paramız ne de onun içini dolduracak yiyeceğimiz var. Bize sayısız ve türlü türlü yiyeceklerle rızık veren Allah'a şükrediyoruz ve böylece geçinip gidiyoruz.

Bunları duyan komşu kadın daha fazla oturamamış. Ziyareti kısa tutup evine dönmüş, ama gün boyu düşünmüş. Kendi kendine, "Komşum aç yatarken ben nasıl tok uyurum!" demiş ve fakir komşularının durumunu kocasına anlatmış. Kocası da ona,

- Hanım, pazara gidelim. Biraz tencere tava, biraz da yiyecek ve giyecek alalım, demiş ve birlikte pazarın yolunu tutmuşlar. Yeterince alışveriş yapıp evlerine geri dönmüşler.

Bu düşünceli ve iyiliksever karı koca, yaptıkları iyiliğin gizli kalmasını istedikleri için pazardan aldıklarını fakir komşularının kapısının önüne sessizce bırakıp gitmişler.

Akşam olunca, mahallede bugüne kadar sürekli duyulan neşeli çocuk seslerine karnı iyice doymuş çocuk sesleri de eklenince kasaba ayrı bir güzelliğe bürünmüş. Her çocuk güle oynaya, oradan oraya koşturup durmuş. Karnı ilk defa iyice doyan çocuklar, hiç olmadığı kadar gülümseyip, gönüllerince, doyasıya oyunlar oynamışlar.

Bir varmış bir yokmuş. Bir çekirge zıplamış, onun ötesinden bir tavşan hoplamış. Çekirge ile tavşan da oyunlara katılmış. Bu ne güzel bir masalmış.

MAZİ ile NAZİK

Dere tepe gezerim, koyun kuzu güderim, akşam oldu geldim evime, selâm verdim ak sakallı dedeme, dedem selâmımı aldı, bana güzel bir masal anlattı ...

Bir varmış bir yokmuş. Çok çok eski zamanlarda, bir cimri ile bir cömert yaşarmış. Cimrinin adı Mazi, cömerdin adı Nazik imiş ... Bunlar birbirine komşuymuş. Günlerden bir gün bu iki komşu birlikte yolculuğa çıkmış. Üç gün süren bu yolculukta Mazi, cimriliğinden Nazik'e bir lokmasını bile yedirmemiş.

Ne çöller geçmişler, ne yollar eskitmişler. Yağmuru çamuru demeden, soğuğu fırtınası demeden, dere sularına bata çıka yürümüşler yürümüşler ... Koskoca bir kayanın altına girmişler, gölgesinde dinlenmişler. Her molada yemek yemişler ama ne zaman sofra kurulsa, cimri olan cömert olana şöyle dermiş:

"Benim torbanın ağzı çözülmüyor da senin azıklarından yiyelim!"

Nazik de "tamam" diyerek kendi yiyeceğini onunla paylaşmaya devam etmiş. Üç günün sonunda Nazik'in bütün yiyeceği bitmiş. Mazi de, "Seninle yolculuğumuz buraya kadarmış" diyerek ondan ayrılmış. Nazik de yolculuğuna yalnız devam etmiş.

Az gitmiş, uz gitmiş, dere tepe düz gitmiş, büyük kervanlara denk gelmiş, kâh onlara katılmış, kâh gene yalnız kalmış, hanlarda konaklamış, hamamlarda aklanmış paklanmış.

Hamamdan kalkmış, gene tozlu yollarda kir pas içinde kalmış. Giderken giderken bir pazara denk gelmiş. Aman bu ne garip bir pazarmış. Vay ne pazar ne pazar, pireler uçuşur böcekler gezer, tavşanlar terzi, aslanlar kalaycı, tilkiler tüccar. Orada biraz soluklandıktan sonra yola devam etmiş. Bir gitmiş, iki gitmiş, üç gidecekken yolunun üstünde harabe bir eve rastgelmiş. Evin içine girip baktığında burada kimsenin yaşamadığını düşünmüş, ama masanın üstünde yarım bir ekmeğin durduğunu görünce, her şeyi unutup açlığını bastırmak için ekmekten bir dilim kesip yemiş:

"Nasıl olsa sahibi birazdan gelir. Ondan helâllik isterim, o gelene kadar şu yatağın üstünde biraz uyuyayım" demiş ve battaniyenin altına girmiş.

Bir zaman sonra eve ayı, tilki ve fare gelmiş. Fare arkadaşlarına,

- Benim fırının yanında bir çömlek gümüşüm var, şakırdayıp durur. Bunu insanlarla paylaşmayı seven, iyi ahlâklı biri alsın, demiş.

Ayı, "Benim de çukurlu yolun kıyısında at başı büyüklüğünde altınım var. Onu, yarım ekmekten bir dilim alan iyi niyetli kişi alsın, demiş.

Tilki, "Benim de çukurlu yolun kıyısında büyük mü büyük, parıl parıl yanan, göz kamaştıran bir incim var. Onu da aynı cömert kişi alsın" demiş ve geldikleri gibi dışarı çıkmışlar.

Bu konuşulanları duyan Nazik, sevinçle ayağa kalkmış. Fırının üstüne bakmış ve gerçekten de bir çömlek gümüşün oracıkta durduğunu görmüş. Hemen onu alıp çukurlu yol boyunca gitmiş, oradaki at başı kadar altını da kazıp almış. Biraz gidince gene genişçe bir çukurun içine koyulmuş ışıl ışıl yanan, göz kamaştıran inciyi bulmuş. Onu da alıp evinin yolunu tutmuş.

Nazik, artık eskisinden daha zengin olmuş. Durumları iyi olmayan fakir ailelere yemekler ikram etmiş. Onları hiç unutmamış. Yetim ve öksüzleri sevindirmiş. O, Allah'ın [celle celâluhû] kullarına yardım ettikçe, Allah da [celle celâluhû] onun malını bereketlendirmiş. Cimri komşusu onu çok kıskanmış. Dayanamayıp bir gün Nazik'in kapısına dayanmış ve ona kısa zamanda nasıl zengin olduğunu sormuş.

Nazik de ona, harabe evden, tilki, ayı ve farenin sözlerinden bahsetmiş. Mazi, üç gün üç gece yürüyerek o evi bulmuş. Gene masada yarım ekmek varmış. Mazi ekmeği alıp torbasına koymuş. Sonra battaniyenin altına girip boylu boyunca uzanmış.

Bir zaman sonra önce fare, arkasından tilki, onun arkasından da ayı gelmiş. Ekmeği masanın üstünde göremeyince aralarında konuşmaya başlamışlar:

- Buraya aç gözlü, cimri biri gelmiş. Ekmeğin hepsini almış, bize bir dilim bile bırakmamış. Biz de onu kendi haline bırakalım, varsın uyusun, demişler. Böylece cimri boynunu büküp evine yarım ekmekle dönmüş. Eve dönerken yolda her adımda ben nerede hata yaptım diye sormuş kendisine. Sonra komşusunun yanına varıp şunları söylemiş:

- Bugüne kadar başıma ne geldiyse bu cimriliğim yüzünden geldi. Bundan böyle bu kötü huyumdan kurtulacağım. Herkese karşı eli açık olacağım, demiş. O da evinin kapısını fakirlere açmış. Komşusu ve diğer bütün insanlar onun bu halinden oldukça memnun olmuş. Hayat, paylaştıkça daha bir anlamlı olmuş. Bakalım saatimiz kaç olmuş? Acaba uykumuzun vakti geldi mi? Annemiz şimdi söylesin güzel bir ninni. Biz de yavaş yavaş kapayalım gözlerimizi.

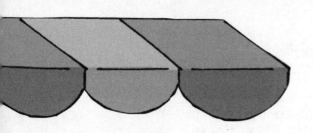

HAÇAN OLMAZ OLMAZ

Masal masal matladı, tel direkten atladı, direğin üstündeki kedi, masalı yakalayıp geldi. Aldım ondan masalı, okuyalım içindeki yazanı ...

Bir varmış, bir yokmuş: Evvel zaman içinde, kalbur saman içinde, sincap ip sallarken, mavi gözlü tavşan üzerinden atlarken, yağız atlar tozu toprağa katıp koşarken bir masal takıldı dilime. Bakalım kimler varmış içinde? Zamanın birinde, küçük bir köyün içinde zayıf, kısa boylu, ela gözlü, tatlı sözlü, fakir bir bakırcı varmış. Dükkânında bakır döverken hep,

- Haçan olmaz olmaz, dermiş.

Bir gün bakırcı, dükkânında bakır döverken gene aynı sözleri tekrarlıyormuş. O sırada dükkânın önünden padişah geçiyormuş. Padişah bu adamın sözlerine kulak kesilmiş.

Dönmüş dolanmış, merakından tekrar aynı dükkânın önünden geçmiş. Adam gene aynı sözleri tekrarlayıp duruyormuş.

Padişah saraya gidince bu adamın tekrarladığı sözleri düşünmüş. Niye böyle söylediğine akıl erdirememiş. Bakırcıyı sarayına çağırmak için haber göndertmiş. Bakırcı da bu daveti alır almaz yerinden bir ok gibi fırlayıp, yıldırım hızıyla saraya varmış. Padişahın karşısına geldiğinde heyecandan kalbi duracak gibi olmuş. Neredeyse kalp atışlarını herkes duyabiliyormuş. Padişah bir yudum su içmesini istemiş ve ardından, "Haçan olmaz olmaz demenin sebebi nedir?" diye sormuş. Bakırcı, bu soruya karşılık olarak tekrar:

"Haçan olmaz olmaz" demiş.

Padişah,

- Olmayacak şey yoktur, diyerek bakırcıya bir kese altın vermiş. Adam altınları alıp evine varınca, padişahın verdiği altın kesesini karısının o gün çömlekçiden veresiye aldığı çömleğin içine bırakmış. Fakat altınları çömleğin içine sakladığını eşine söylememiş.

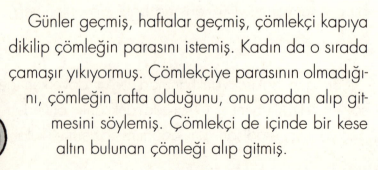

Günler geçmiş, haftalar geçmiş, çömlekçi kapıya dikilip çömleğin parasını istemiş. Kadın da o sırada çamaşır yıkıyormuş. Çömlekçiye parasının olmadığını, çömleğin rafta olduğunu, onu oradan alıp gitmesini söylemiş. Çömlekçi de içinde bir kese altın bulunan çömleği alıp gitmiş.

Akşam bakırcı eve gelince çömleğin yerinde olmadığını görmüş. Karısına sormuş. Karısı da olanları anlatmış. Adam eşine haber vermediğine mi yansın yoksa onun çömleği altınlarla beraber bakırcıya verdiğine mi yansın bilememiş.

Günler böyle gelip geçmiş. Adam gene dükkânında bakır döverken,

"Haçan olmaz olmaz" diyormuş. Padişah dükkânın önünden geçerken adamın gene aynı sözleri söylediğini duymuş. Padişah, onu sarayına tekrar çağırmış. Adam olanları padişaha anlattıktan sonra,

"Haçan olmaz olmaz" demiş.

Padişah, bu adamı şehrin bir sokağına götürmüş. Eline bir taş vermiş. Taşı at, nereye giderse, gittiği yere kadar olan evler, araziler senin olsun demiş. Heyecanlanan bakırcı eline bir taş alıp, elinin çıktığı yere kadar fırlatmış ancak taş biraz ötede bulunan büyük bir lastiğe çarptıktan sonra havada dönmüş dönmüş ve en sonunda kafasına düşmüş. Bakırcı yere yıkılmış. Kendine gelince, padişaha dönüp kekeleyerek,

"Haçan olmaz olmaz" demiş.

Bir varmış bir yokmuş. Haçan olmuş, haçan olmamış. Bitmiş masalın masalı. Şimdi sıradakini anlatmalı.

DUA EDEN YAPRAKLAR

Buzda buğday biterken, minik serçe bunu yerken, gagasından bir dağ düşmüş. Koca dağ yuvarlanmış yuvarlanmış bizim masalın içine düşüvermiş. Masal kahramanları da bu dağın etrafına ev yapmışlar. Şen şakrak oyunlar oynamışlar. Sonrasında ihtiyar bir adamla karısına da küçük bir kulübe bırakmışlar.

Ne var ki kulübesinde huzur içinde yaşayan ihtiyar adamın mutluluğu uzun sürmemiş. Çünkü küçük kulübesinin çatısı akmış, duvarları çatlamış ve neredeyse yıkılmak üzereymiş.

Karısı, "Herkesin evi var, bizim tek odalı kulübemizden başka neyimiz var?" diyerek gözyaşı dökmekteymiş. Daha geniş, ferah ve çatısı sağlam bir ev istemiş. Adam bu duruma çok üzülmüş. Hemen daha büyük bir ev yapmak için kolları sıvamış ve ilk iş olarak eline bir balta alıp ormana gitmiş. Adam ormana varınca, sağlam bir ağaç görüp onu kesecek olmuş. Ağaç dile gelip adama şöyle demiş:

"Beni kesmezsen istediğini yaparım."

Adam önce korkmuş, sonra acaba başka biri mi konuşuyor diye etrafını kolaçan etmiş. Başını bir sağa bir sola sallamış. Acaba rüyada mıyım diye düşünmüş. Sesin gerçekten ağaçtan geldiğini anlayınca da ona, "Bana güzel bir ev gerek, seni bunun için kesecektim" demiş. Adam bunları söylerken hâlâ şaşkınca etrafına bakınmaktaymış. Ağaç da ona,

- Beni kesmene gerek yok. Yapraklarım sabah akşam dua ederler. Onlara söyleyeyim sabaha kadar sizin için dua etsinler. "Mevlâm görelim neyler, neylerse güzel eyler" demiş.

Adam, "peki" diyerek evinin yolunu tutmuş. Çekirgeler zıplamadan, karıncalar hoplamadan, sofralar kurulmadan, sobalar yakılmadan akşam olmuş. Ağacın yaprakları sabaha kadar dua etmiş.

Sabah olduğunda ülkenin padişahı, hizmetçileriyle birlikte bu güzel ormanda yürüyüşe çıkmış. Atları ağaçlara birer birer bağlayıp uzun uzun yürümüşler. Sonra atlarına tekrar binip su içmek için bir dere aramaya başlamışlar. Ne var ki bir türlü bir dereye rastlayamamışlar.

Hep birlikte az gitmişler, uz gitmişler, inişli çıkışlı yolları arşınlamışlar, nihayet ihtiyar adamın kulübesine kadar gelmişler. At kişnemelerini duyan kadın dışarı çıkmış.

Padişah, çok susadığını söyleyerek kadından soğuk su istemiş. Kadın da padişaha ve hizmetlilere buz gibi sudan ikram etmiş. Sonra atlara da geniş bir bakraç içinde su vermiş. Bu ikramdan memnun kalan padişah, kadına,

"Dile benden ne dilersen" demiş.

Kadın da, "Allah'tan geniş bir ev istiyorum. Ne zaman yağmur yağsa bu kulübenin çatısı akıyor. Tavanın üstümüze çökeceğinden korkuyorum. Kocam da benim gibi yaşlandı. Bu evi nasıl onarırız bilemiyorum" demiş.

Padişah, hizmetçilerine bu ihtiyar adam ile karısı için ev yapmalarını emretmiş. Padişahın hizmetçileri günlerce çalışıp evi bitirdiklerinde ihtiyar adam ile karısı padişaha çok teşekkür edip yeni evlerine yerleşmişler. Adam hanımına, ağaçtan ve onun dua eden yapraklarından bahsetmiş. Kadın bunu duyunca,

"Allah onların duasını kabul etti. Baksana, padişahı bizim kapımıza kadar gönderdi. Bey, farkında mısın, biz kaç zamandır elimizi açıp da Allah'a dua etmiyoruz" demiş.

Adam hanımına haklısın der gibi bakarak,

- Çok doğru söylüyorsun, demiş ve o günden sonra duayı dillerinden hiç düşürmemişler. O ağaca gelince, yaprakları rüzgârda sallanıp durmuş. Dua edenler mutlaka karşılık bulurmuş ...

BAL KIZ

Zem zemli çiçek, zem boylu çiçek, ağzım dilim kurudu, verin soğuk bir içecek. Sana bir masal anlatayım, uykunu getirecek.

Bir varmış bir yokmuş. Evvel zaman içinde, kalbur saman içinde, iki dağın arasında bir köy varmış, yolları hep yokuşmuş. Buranın dağı taşı hep kuşmuş, şen şakrak koşturup saklambaç oynamak, çocukların en sevdiği oyunmuş. İşte bu köyün içinde bir zamanlar suyu masmavi akan ırmağın kıyısında fakir bir karı koca yaşıyormuş. Çocukları olmadığı için üzülüp dururlarmış.

Aradan günler, haftalar, aylar geçmiş. Mevsimler birbiri ardınca değişmiş. Zamanın çabukluğuna yetişebilmek pek mümkün değilmiş. Bir bakmışlar güz olmuş, göz açıp kapayıncaya kadar kış olmadan yaz olmuş. Aradan yıllar geçmiş, Allah, bu karı kocaya nur topu gibi bir kız evladı nasip etmiş.

Bu nur topu gibi olan bebek oldukça sağlıklı doğmuş, ama ne var ki boyu bir serçe kadarmış. Seneler geçmiş, ancak çocuğun boyu hiç uzamamış. Annesiyle babası onu, "Baldan tatlım" diye severmiş. Bu yüzden kızın ismini "Bal Kız" koymuşlar.

Bal Kız çok becerikli bir kızmış. Ev işlerinde annesine hep yardım edermiş. Babası odun kesmeye gittiğinde, talaşları toplayıp eve getirirmiş.

Babası çok çalışıp bir kara inek almış. Annesi onun sütünü sağıp yoğurt yapmış, peynir yapmış, "Tatlı kızım tatlı yesin" diye sütlaç yapmış. Gül gibi geçinip gidiyorlarmış. Günlerden bir gün, kara bakışlı, kara suratlı bir adam, kara atıyla gelip ırmak kenarında yayılan kara ineği yularından tutup götürmüş.

Bal Kız ve ailesi bu duruma çok üzülmüş, ama adama karşı koyamamışlar. Bal Kız, tüyleri ipekten, gagası zümrütten masal kuşunun sırtında, kara adamı takip etmiş.

Adam, evine geldiğinde atı ve ineği ahıra bağlamış. Bu sırada masal kuşu da ahırdan içeri girip pencerenin pervazına konmuş. Bal Kız, masal kuşunun üzerinden bir sıçramış, iki sıçramış derken kara ineğin kulağına girip adama seslenmiş:

Hey, kara adam, kara adam

Beni sahibime götürmezsen,

Başına düşer bu dam!

Kara adam ne yapacağını şaşırmış, önünü arkasını bilmez olmuş, korkudan arkasındaki içi su dolu varili devirmiş, kekeleyerek, "Şey, ben seni hayvan sandıydım, sen inek kılığına giren in misin, cin misin?" demiş. İneğin kulağında konuşan Bal Kız hiddetle,

- Gevezelik etmeyi bırak da beni evime götür. Yoksa ...

Adam, eli titreye titreye kara ineğin yularını çözmüş ve onu aldığı yere götürüp bırakmış. Bir daha hiç kimsenin malına izinsiz el sürmemiş.

Bal Kız olup biteni ailesine anlattığında ailesi gülmekten yerlere yatmış. Bu masalı dinleyenlere gökten üç elma atılmış. Biri kara ineğin, biri Bal Kız'ın, biri de senin olsun ... Geldi masal kuşu, penceremin köşesine konuverdi, tüyleri parıl parıl, gagası zümrüt yeşiliydi. Masal kuşu masal kuşu ne de güzeldir uçuşu ...

CİMRİ

Ortaya bir gümüş yüzük koydum, ay geldi alamadı, yay geldi alamadı, tay geldi alamadı, ama güneş geldi aldı. Bana da kala kala bu masal kaldı.

Bir varmış bir yokmuş. Geçmiş zamanda kimselerin uğramadığı bir kasabada, dört yamaç arasında, iki nehir ortasında evi olan zengin bir cimri yaşarmış. Ne kimselere ikramda bulunurmuş ne de kimselerden bir şeyler alırmış. Parasını biriktirip harcamazmış. Bu cimri kişi bir akşam akrabasının evine ziyarete gitmiş. Akrabası onu buyur edip misafir etmiş.

Zengin cimri, bir ara yanan kandile bakınca, kendi evindeki kandil aklına gelmiş. Ev sahibinden izin isteyip koşarak kendi evinin yolunu tutmuş. Nefes nefese evinin kapısını çalmış. Pencereden başını uzatan kızına telaşla seslenmiş:

Hey kızım kapıyı açma, kulpu eskimesin. Kandili söndür de çabuk bitmesin!

Kızı, babasının huyunu bildiğinden onun bu sözüne pek şaşırmamış. Gülerek babasına şöyle demiş:

"Babacığım, kandili sen gider gitmez söndürmüştüm. Ay ışığı odamızı aydınlatıyor. Boşu boşuna telaşlanmışsın. Onca yolu koşarak yok yere gelmişsin. Ayakkabılarının tabanı çabuk eskiyecek!"

O zaman babası, "Kızım hiç endişelenme, ben ayakkabımı elime alıp geldim" deyince, kızı ağlamaya başlamış. Adam kızına niçin ağladığını sorunca, kızı konuşmasına içini çekerek devam etmiş:

"Ey sevgili babacığım, sen bize varlık içinde yokluk çektiriyorsun!"

Bu söz üzerine cimri adamın gözüne o gece hiç uyku girmemiş. Sağa dönmüş uyuyamamış, sola dönmüş uyuyamamış, bir üzerine yorgan çekmiş, bir yorganı üzerinden atmış derken sabahı yapmış. Yatağından doğrulup, üzerini değiştirip bilge kişinin yanına gitmek üzere yola koyulmuş.

Cimrilikten kurtulmak istediğini söyleyip ondan yardım istemiş. Bilge kişi de ona bol bol sadaka vermesini söylemiş.

Cimri adam bilgenin dediği gibi kasabasında ne kadar ihtiyaç sahibi aile varsa ve ne kadar fakir çocuk varsa yardım etmiş. Bu yardımlarını da gece kimseler görmeden gizlice yapmış.

Bu ilk başlarda biraz zor olmuş, ama zamanla ihtiyacı olan herkese yiyecek, içecek, giyecek dağıtmış. Kızının da gönlünü yapmış, ona güzel elbiseler ve yiyecekler almış. Artık daha huzurlu ve daha rahatmış ... Masalımız burada sona ermiş. Senin de uyku vaktin gelmiş ...

AKILLI İHTİYAR

Hırsız hırsız hırmala, gel bizim kapıyı tırmala, bizim kapı kilitli, hırsızın başı bitli. Hırsızı kovdum kaçıp gitti, masalımızı okuyalım şimdi. Bir varmış bir yokmuş. Evvel zamanda, kalbur samanda anka kuşu gökyüzünde misket oynarken, inci gözlü balık çayırda çimende koştururken bir gürültü koptu yanı başımdan, bir kelebek uçtu sağ yanımdan. Hemen yakaladım onu, anlattı bana bu masalın sonunu. Eskiden gözlerden uzakta, üç dağın arasında kurulu bir köy varmış.

Bu köyün halkı, yaşlıları pek sevmezmiş. Altmış yaşın üstünde olan ihtiyarları köyden uzak bir yere götürüp onları bir başlarına bırakırlarmış. Köyde yaşı altmışa gelen tek bir ihtiyar kalmış. Onun adı da Osman imiş.

Osman'ın Vefa adında bir oğlu varmış. Vefa, babasını çok severmiş, her zaman onun hayır duasını alırmış. Köylüler Vefa'ya, "Artık senin babanın da uzaklara götürülme vakti geldi. Babanı biz mi götürelim, yoksa sen mi götürürsün" demişler. Vefa da,

Bu görevi yapmak bana düşer, demiş ve babasını alıp yola düşmüş. Az gitmiş uz gitmiş, dere bayır düz gitmiş. Sabah olmuş yürümüşler, akşam olmuş yürümüşler, hiçbir zaman uyku nedir bilmemişler. Kâh rüzgâr esmiş üşümüşler, kâh güneş çıkmış sıcaktan pişmişler derken yollarının sonunda koskoca bir dağa denk gelmişler. Vefa bu dağın içinde gizli bir mağara bulup babasını buraya yerleştirmiş. Sonra içten içe üzülerek, köyün yolunu tutmuş. Babasını hiç ihmal etmemiş. Üç günde bir gelip babasının ihtiyaçlarını giderirmiş.

O yıl köyde kıtlık baş göstermiş. Kış mevsimi başladığı gibi karla, soğukla, fırtınayla bitmiş ama ardından gelen bahar mevsiminde topraktan çıkması beklenen hiçbir çiçek, yemiş çıkmamış. Hatta ağaçların yaprakları bile hâlâ kupkuruymuş.

Köylünün elinde toprağa ekilecek iyi bir tohum bile kalmamış. Vefa, babasına erzak götürmek için dağa gittiğinde Osman köyden haber sormuş. Oğlu da babasına köydeki kıtlıktan bahsetmiş.

Babası Vefa'ya, "Ey yavrum, açlık zordur. Şimdi sen köylülere tarlaları enine sürün diye söyle. Tahılın çıkması mümkündür. Niçin dersen? Toprağın altında açılmamış taneler olur. Böylece onlar yeşerirler, açlıktan kurtulursunuz" diye öğüt vermiş.

Vefa geri döndüğünde, köylülere babasının söylediklerini bir bir anlatmış. Köylüler tarlalarını o şekilde yaptıklarında tahıl çok çıkmış, açlıktan kurtulmuşlar. Bu yöntemi nasıl düşündüğünü ona sorduklarında Vefa, hiçbir şeyi gizlemeyip bu fikri babasından aldığını söylemiş.

Köylüler de, "Babanı köyümüze geri getir. Baban gibi yaşlı ve deneyimli büyüklerimize her zaman ihtiyacımız olacak" demişler. Vefa, babasını köye geri getirmiş. O yıldan sonra yaşlıları köylerinden uzaklaştırmamışlar, daha uzun yıllar huzur içinde yaşamışlar ...

DEĞİRMENCİ ile ÇOCUK

Dağdan gelir bir oğlak, ağzında yeşil bir yaprak, yeşil yaprağı bırakmaz, bana masal anlatmaz. Vardım dedeme söyledim, ben de ondan bu masalı dinledim.

Evvel zaman içinde, kalbur saman içinde, develer tellal iken, kaplumbağa berber iken, ben koca ninemi beşikte sallar iken, zamanın birinde, etrafı gürül gürül akan nehirlerle çevrili bir köyde bir değirmenci yaşarmış. Bir gün çocuğun biri, bu değirmenciye bir torba buğday götürüp,

"Buğdayımı un yap değirmenci dayı, evde anneciğim aç kaldı" demiş.

Değirmenci, "Peki yavrum" diyerek buğdayı hemen un yapıvermiş. Un yaptıktan sonra çocuğa,

- Değirmen hakkı olarak senin buğdayından bir çörek yapalım da öyle gidersin, demiş. Böylece suyu, tuzu, çörek otunu hazırlayıp başlamışlar çörek yapmaya. Ocağı güzelce yakmışlar, içine meşeden, cevizden odun atmışlar. Büyük bir hamur teknesinin içine dökmüşler unu, sonra karıştırmaya başlamışlar. Fakat değirmenci, "Vay suyu çok geldi, yok unu çok geldi" derken çocuğun bütün ununu hamur teknesinin içine katmış. Hamur hazır olduktan sonra fırına vermişler ve ağır ağır pişirmişler. Olmuş değirmen taşı büyüklüğünde bir çörek. Değirmenci kurnazlık yapıp çocuğa, "Kim daha güzel bir masal uydurursa çöreği o alsın" demiş.

Çocuk da buna razı olmuş. Sözü değirmenci almış ve başlamış anlatmaya; bir zamanlar ben burada bir kabak ek-

tim. Bu kabağın kökü aldı, yer küreye vardı, sonra boy attı, toprağı aştı, buradan gökyüzüne kadar bir yol açtı.

Aradan altı ay geçti. Bir gün ben de bindim eşeğe, yol boyu gittim. Sonra bir çınar ağacına merdiven diktim. Çıktım çıktım, bitmedi. Meğer kabağım bulutlara varmış, koskoca gövdesiyle yıldızlara karışmış. Dağlardan büyük, denizlerden geniş kabağı bıçağımla kesmek isterken kabak delindi ve bıçağım kabağın içine kaçtı. Kabağın içine girip bıçağı aramaya başladım.

Az gittim uz gittim, dere tepe düz gittim, derken bir adama rastgeldim. Adam bana, "Ne arıyorsun?" diye sordu. Ona, bıçağımı kaybettim, onu arıyorum dedim. Adam bana,

- Hiç boşuna uğraşma, ben geçende yüz devemi kaybettim de bulamadım. Sen küçücük bir bıçağı nasıl bulacaksın, dedi. Bir varmış bir yokmuş demiş. Evvel zaman içinde neler olmuş neler demiş ve masalı burada bitirmiş. Sıra çocuğa gelmiş. Çocuk da başlamış anlatmaya:

Ben bir zaman okula gidiyordum. Okulun avlusuna bir ceviz fidanı diktim. Gel zaman, git zaman aradan epeyce bir zaman geçti. Bu ağaç büyüdükçe büyüdü, dağları, bulutları ve hatta yıldızları aştı, güneşe ulaştı.

Okuldaki çocuklar bu ağacın üzerine taş, toprak ata ata ağacın üstünde büyük bir tarla oluştu. Eh, ben de çıktım ağacın üzerine, bu tarlayı sürüp buğday ektim. Hasat zamanı gelince gene tarlaya gittim. Buğdayı biçmeye başladım, tam bitirmek üzereyken bir de baktım ki bir tavşan. Başladım tavşanı kovalamaya. O kaçtı, ben kovaladım. O kaçtı, ben kovaladım.

Nihayet tavşanı tuttum ve evimde beslemek için aldım kucağıma. Bir de baktım ki tavşanın boynunda bir tasma, tasmanın ucunda bir halka, halkanın içinde bir ayna, aynanın üzerinde de şunlar yazmakta:

"Kurnaz değirmenci, gevezeliği bırak da çocuğun çöreğini ver!"

Değirmenci, çocuğun bu masalından sonra çöreği ona vermiş. Çocuk da çöreği alıp annesine götürmüş. Bir olmuş iki olmuş günlerden salı, mevsimlerden kış olmuş. Sobalarımız sıcak sıcak yana dursun, üzerinde kestaneler kavrulsun. Masalımız da burada son bulsun. Uykusu gelen şirinler mışıl mışıl uyusun ...

DÜRÜST ile HİLECİ

Kuş gibi uçarım, rüzgâr gibi eserim, taş gibi ağırım, devleri güreşte yensem de pirelere yenilirim, biri bana masal anlatsa, hemen oturup onu dinlerim. Bir varmış bir yokmuş. Evvel zaman içinde, kalbur saman içinde, çok eski zamanların birinde, yüksek dağların yamacında, şehirden çok uzak köyün birinde iki adam yaşarmış. Biri hep yalan söylerken, öteki hiçbir zaman dürüstlükten şaşmazmış. Günün birinde bu ikisi bir araya gelip, çaylarını çorbalarını içip konuşmaya başlamışlar.

Dürüst adam, "Yalancılık günahtır, yalan söyleyenin hiçbir işi rastgitmez" demiş. Hileci ise yaptığı kandırmacalar ile övünürmüş. Derken, yanlarına ihtiyar bir adam gelmiş.

İkisi de o adama, dürüstlüğün mü, yoksa hile yaparak insanları kandırmanın mı daha makbul olduğunu sormuşlar. Adam da paltosunun cebinden iki elma çıkartıp birini dürüste, diğerini de hileciye vermiş.

- İkiniz de bu elmaları satıp kazandığınız parayla bir ay ticaret yapın. Bir ayın sonunda burada buluşalım. Size cevabımı o zaman vereceğim, demiş. İkisi de aynı anda kalkıp irlikte pazarın yolunu tutmuşlar. Pazara vardıklarında hileci, elindeki elmayı gösterip,

"Saray bahçesinden aldım, kim saray elması ister? Sihirli elma, parlatılınca çoğalan elma" diyerek yalan söylemiş ve elmayı 10 altına satmış. Dürüst de elmasını 1 kuruşa satmış. İkisi de kazandıkları parayla pazardan yeni şeyler alıp satmışlar.

Bir ay göz açıp kapayıncaya kadar geçmiş. Dürüst, hileci ve o adam anlaştıkları yerde buluşmuşlar. Adam önce hileciye sormuş:

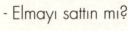

- Elmayı sattın mı?

- Sattım.

- Ticaret yaptın mı?

- Yaptım.

- İşlerini hile ile mi yaptın?

- Evet, öyle yaptım.

- Peki, ne kazandın?

- Çok paralar kazandım, ama en son yaptığım alışverişte benden daha kurnaz olan bir hileciyle karşılaştım. O da beni kandırdı, elimde avucumda ne varsa hepsini ona kaptırdım.

Adam benzer soruları dürüst olana da sorup ne kazandığını söylemesini isteyince, dürüst şöyle demiş:

- Allah'a çok şükür, bir kese altın ile geldim. Ayrıca dürüst ticaret yaptığım için pek çok arkadaşım oldu.

Adam, "Kimin kâr ettiği ortada, dürüstlükten ayrılmayıp, hileli hurdalı işlere meyletmezsek azımız çok olur, çok olanımız da azalmaz. Hile ile yapılan işler, kazançlar, çok olsa bile yok olur" demiş ve gözden kaybolmuş.

Hileci bütün yaptıklarına pişman olmuş. Dürüst arkadaşını kendine örnek almış. Bir daha yalan konuşmamış, kimseyi de kandırmamış ... Masal masal içinde, bir sandığım var, içi oyuncak içinde. Rüyama anka kuşu girdi dün gece, bana güzel mi güzel bir masal anlatı gene. Şeker şeker rüyalar görelim, masallarla büyüyelim ...

BECERİKLİ OĞLAN

Benim bir yumağım var, sararım sararım bitmez. Kedim Tekir'in patisi pekmez olmuş, silerim silerim gitmez. Ninem bir masala başlar, anlatır anlatır sonu gelmez ...

Bir varmış bir yokmuş. Evvel zaman içinde kalbur saman içinde develer tarlada mısır ekerken, tavşanlar toprağı sularken, fareler mısırları biçerken, gün doğmuş, gün batmış, çocuklar bahçelerde oyunlar oynamış. İşte eski zamanlarda, şirin bir köyde, hep böyle oyunlar oynanan bahçelerin birinde bir adamın işten güçten anlamaz bir oğlu varmış. Adam oğlunu bağ budamaya gönderince oğlan asmaları kökünden sökermiş. Koyunları otlatırken gittiği yerde uyuyakalırmış, sürüye dadanan kurtlar her gün birkaç koyunu götürürmüş. Ama bu oğlan hiç mi hiç oralı olmazmış.

Adam ne yapacağını şaşırmış. Bilge bir kişiye gidip ona akıl danışmış. Bilge kişi adama,

"Sen ona bağ budamanın nasıl olacağını öğrettin mi? Hiç, birlikte koyun güttünüz mü?" diye sormuş.

Adam da "hayır" deyince bilge kişi,

"Senin oğlan beceriksiz değil, sadece verdiğin görevi nasıl yapacağını bilmiyor. Çocuğuna bir iş vermeden önce ona, bu işin nasıl yapılacağını göster ve şunu unutma; aslında beceriksiz insan yoktur, iyi yönlendirilmeyen, güzel eğitilmeyen insan vardır" demiş.

Adam, bilgeye teşekkür edip evinin yolunu tutmuş.

Önce bağa götürmüş oğlunu

Sonra da dağa çevirmiş yolunu

Bağda asmaları budamışlar

Dağda kışlık odunlarını kesmişler

Koyunları birlikte otlatmışlar

Birlikte nice yollar aşıp,

Susayan koyunları dereye götürmüşler ...

Derelerden sular akmış, tepelerden rüzgâr esmiş, bir yaz böyle gelip geçmiş ve çetin, buz gibi bir kış kapıya dayanmış. Babası hastalanıp yatağa düşünce bütün iş oğlana kalmış. Oğlan, dağdan getirdikleri odunları bir güzel kesip şöminenin yanına istif yapmış. Her gün düzenli olarak hayvanların yemini vermiş.

Babası iyileşip ayağa kalktığında oğlunun alnından öpmüş. Öğrendiği bilgi ve deneyimleri çocuğuyla paylaşmaya devam etmiş. Bilgi ve beceriyle donanan bu çocuk, hayatta önüne çıkan her engeli tereddütsüz aşmış. Üstesinden gelemediği işler için de hep babasına danışmış.

Gökten üç tane kırmızı kurdele düşmüş. Birini bu çocuğun yakasına takalım, diğerini bu güzel masalı anlatana bağlayalım, üçüncüsünü de, "Hani bana yok mu?" diyene verelim ... Sonra da bir güzel uyuyup, sabaha dinç uyanalım ...

SÖZÜNDE DURAN DEV

Şu ağaca yağmur verdik, ağaç bize mazı verdi, mazıyı kadına verdik, kadın bize kazı verdi, kazı çobana verdik, çoban bize kuzu verdi, kuzuyu düğüne sattık, düğün bize kızı verdi, kızı evine götürdük, damat bize tazı verdi, tazıyı kâtibe verdik, kâtip bize yazı verdi, yazıyı ozana verdik, ozan bize sazı verdi.

Kimseye vermeyiz sazı, biz çalarız bazı bazı ... Bir varmış bir yokmuş, vakti zamanında bir adam ile üç oğlu yolculuğa çıkmışlar. Dağ taş demeden yürümüşler, pabuçlarını eskitmişler, nihayet bir devin evine varmışlar. Dev bunları sopasıyla kovalayınca, günlerce kaçmışlar, bakmışlar ki olacak gibi değil, bu dev duracak gibi değil, ey koskoca gövdeli dağlar eğil demişler, dağın tepesinden düşen erikleri yemişler, babası eyvah çekmiş, oğlu kuyudan su çekmiş, kana kana içmişler.

Acıktık deyip durmuşlar, suyu büyük bir kazana katmışlar, kazanı ocağa atmışlar, üç saat kaynatmışlar, beş saat kaynatmışlar, yemekleri pişince afiyetle yiyip güzelce doymuşlar. Bakmışlar ki dev hâlâ peşlerinde, ama artık koşacak dermanları kalmamış, olacak gibi değil, birkaç düzlük aşıp, karşılarına çıkan ilk evde saklanmışlar ... Sığındıkları bu evde zengin bir adam yaşıyormuş. Bu zenginin çok geniş tarlaları ile içinde her türlü meyvenin yetiştiği sayısız bahçeleri varmış. Fakat zengin adam oldukça mutsuzmuş. Çünkü dev sürekli bahçe ve tarlalarındaki ürünlere zarar veriyormuş. Devin karşısına çıkıp onu yenecek ne bir gücü ne de onu alt edecek bir aklı varmış.

Sonunda evinde misafir ettiği adama ve üç oğluna bu sıkıntısından bahsetmeye karar vermiş. Kendisini bu dertten kurtarmaları karşılığında her birine birer ev vereceğini vaat etmiş. Adam ve üç oğlu bu cazip teklif karşısında "evet" demişler.
Sonra bir kenara çekilip gece gündüz düşünmeye başlamışlar.

Dokuz kere gün doğmuş, dokuz kere gün batmış, gökten yüzlerce yıldız kaymış ... Adam ve üç oğlu düşüne düşüne altında dört tekeri olan büyük bir sandık yapmaya karar vermişler. Gece gündüz çalışıp sandığı yapmışlar ve onu iterek bir tarlanın içine bırakmışlar. Sandığın içine ve çevresine çeşit çeşit meyveler koymuşlar.

Zengin adam bütün bu olanlara bir anlam veremiyormuş. Kendi kendine,

"Bu nasıl bir tuzak böyle, koca devi meyvelerle kandıracaklarını mı sanıyorlar? Bu işin sonunu çok merak ediyorum doğrusu" diyormuş.

O merak ede dursun, meyvelerin kokusunu alan dev sandığın yanına çoktan gelip taze meyveleri yemeye başlamış bile. Bir ağacın altında olup biteni seyreden baba ve üç oğlu, çıt çıkarmadan devin sandığın içine girmesini bekliyorlarmış.

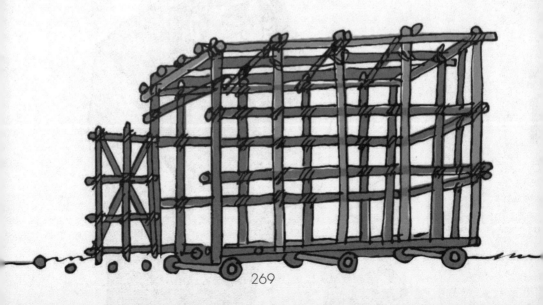

Dev, sandığın çevresindeki meyveleri bitirince gözünü sandığın içindekilere dikmiş. Garip ve homurtulu sesler çıkararak sandığın içine girmiş. Meyveleri hapur hupur yemeye başlamış. Baba ve üç oğlu koşarak sandığın yanına gelmişler ve sandığın kapağını çabucak örtmüşler. Yanlarında getirdikleri zincirler ile sandığı sıkıca bağlamışlar.

Öfkeden ağzından köpükler çıkan dev, sandığı bir ileri itmiş, bir geri itmiş, aslanlar gibi kükremiş, tavşanlar gibi zıplamış, ama dışarı çıkmayı başaramamış. Dev uzunca bir zaman kapıyı zorlamaya devam etmiş, ama bakmış kapı kırılacak gibi değil, sandığın bir köşesine çöküp beklemeye başlamış.

Üç oğlandan biri koşarak zengin adamın evine gitmiş ve devin yakalandığını haber vermiş. Zengin adam, çevre köylerden topladığı kişilerle birlikte tarlaya gelmiş. El birliği ile sandığı sürükleyerek bir uçurumun kenarına getirmişler.

Dev, uçuruma atılacağını anlayınca, yüzünü zengin adama dönerek, korkudan, sesi, eli ve ayağı titrer vaziyette,

"Bir daha tarlana, bahçene girip ürünlerine zarar vermeyeceğim" demiş.

Zengin adam oradakilere devi serbest bırakmalarını söylemiş. Onlar da sandığın kapağını açarak devi serbest bırakmışlar.

Özgürlüğüne kavuşan dev koşarak karşı dağın ardına gitmiş. Bir daha o zenginin bağına, bahçesine hiç girmemiş. Zengin adam da sözünde durmuş; baba ve üç oğluna vaat ettiği evleri hediye etmiş.

Onlar ermiş muratlarına, şimdi çocuklar girsin yataklarına ... Uyuyalım mışıl mışıl, yıldızları görelim ışıl ışıl ... Sonra gün doğsun, gün batsın tekrar çıkalım masal dağına, binelim anka kuşunun kanatlarına. Bizi uçursun gök katına. Işıl ışıl yıldızlar yatağımız, pamuktan bulutlar yorganımız olsun.

KURDUN ÇİLESİ

Bir varmış bir yokmuş. Torbanın ağzı keçe olduğunda, karganın gagası boynuz olduğunda, iri iri yağmur taneleri düştüğünde, önüne çıkanı ceplerine koyan seller aktığında ve başaklar boynunu büktüğünde bir ses duyulmuş. Asma köprünün birinden boynuzsuz bir keçi geçmekteymiş. Keçinin önüne saf, yaşlı bir kurt çıkagelmiş.

Kurt yaşlanmış olsa da gördüğüne dişini gıcırdatır, ağzını şapırdatırmış. Keçi kurda bakarak şöyle demiş:

"Beni yiyip de ne edeceksin? Yumuşak yünüm, tüylü bir yaprak gibi sallanıyor. Zar zor yürüyorum. Ardımdan bal kuyruklu, yününü çekince yağ çıkan bir koyun geliyor."

Saf kurt içinden, "Neden daha iyisini yemeyeyim? Şu hayatta her şeyin en güzeli benim olmalı!" demiş ve keçiye yol vermiş. Aradan çok geçmeden koyun köprünün başına gelmiş. Kurt koyuna gözlerini dikerek,

"Ben seni yiyeceğim" demiş.

Koyun, "Beni yiyip de ne edeceksin? Bataklığa saplanmış bir tatlı ceylan var. Git de onu ye" demiş. Kurt içinden, "Koyundan daha büyük bir av varken, neden daha küçüğüyle yetineyim ki?" demiş ve koyuna da yol verip bataklığa gitmiş. Ceylanın yanına varıp,

"Ben seni yiyeceğim" demiş.

Ürkek ve güzel gözlü ceylan kurda, "Beni yemesine yersin de, yalnız önce beni şu bataklıktan çıkar" demiş. Saf kurt ceylanı çıkarmak için bataklığa girmiş. İterek onu bataklıktan çıkarmış, ama bu kez kendisi bataklığa saplanmış. Güzel gözlü ceylan da ardına bakmadan koşarak gözden uzaklaşmış.

Ak bir karga kurdun karşısına konmuş. Kurt ona başından geçenleri anlatmış. Ak karga kurdun haline acımış ve ona şu öğüdü vermiş:

- Beni iyi dinle saf kurt; ömrünü hep daha iyisini aramakla geçirirsen, eline bir şey geçmez. Ama elindekiyle yetinirsen, ne aç kalırsın ne de açıkta. Biraz çabala da durma bataklıkta. Yoksa bir zaman sonra kimseler çıkaramaz seni, kalırsın orada!

Kurt da can havliyle, gövdesini bir ileri bir geri iterek, kendisini yavaş yavaş çekmekte olan bataklıktan kurtulmaya çabalamış. Bir zaman sonra bataklığın kenarına tutunmuş ve son bir hamleyle gövdesini yukarıya doğru çekmeyi başarmış. Yoluna devam eden Kurt, bir nehir bulup iyice yıkanıp, temizlenmiş. Akşam olmadan karnını da doyuran Kurt bugünden sonra elindekiyle yetinmesini bilmiş. Meğer kanaat etmek en büyük hazineymiş...

KIRK BAŞLI YILAN

Dal dal çiçek, dal boylu çiçek, bugün masalcı ninem bize gelecek. Ninem gelmeden ben anlatacağı masalı dinledim. Nasıl mı? Ninemin bir öküzü var; kedi gibi miyavlar, onun sesini duyan tavşanlar koşarak bana geldiler, bir varmış bir yokmuş diyerek masalı anlatmaya başladılar ...

Eski zamanların birinde, uçsuz bucaksız çöllerin bitiminde, ağaçları gökyüzüne varan, dereleri yokuş yukarı akan bir ormanda iki yılan yaşarmış. O yılanların birinin kırk başıyla bir kuyruğu, diğerinin ise kırk kuyruğu ile bir başı varmış.

Günlerin birinde bu yılanların yaşadığı ormanda yangın çıkmış. Bir başlı kırk kuyruklu yılan yangından kaçmaya başlamış. O, bütün hızıyla kaçarken kırk başlı bir kuyruklu yılana rastlamış. Yangından kaçmakta olan yılan diğerine seslenmiş:

"Ey kırk başlı kardeşim, niçin yangından kaçmıyorsun?"

"Bana kalsa çoktan kaçacağım, fakat şu başlarımın anlaşacağı yok. Onların bir kısmı batıya, diğer bir kısmı doğuya; gene bir kısmı güneye; kalanları da kuzeye kaçalım deyip her biri beni bir tarafa çekiştirip duruyor. İşte bu yüzdendir ki olduğum yerde sayıyorum, hiç ilerleyemiyorum. Bir kaç tanesi de, 'Aslında hiçbir yere kaçmayalım. Yangındır, yanar geçer' diyor. Ben bu işin içinden nasıl çıkacağım? Bunu hangi aklıma danışsam? Biliyorum ki gene her kafadan bir ses çıkacak ve her şey daha da düğümlenecek" deyince

Bu sözleri işiten bir başlı kırk kuyruklu yılan:

"Sizin işiniz zormuş, ben gidiyorum" demiş de yangından kaçıp kurtulmuş; fakat kırk başlı, bir kuyruklu yılan alevler içinde kalmış. Yangın iyice ilerleyip kırk başlı bir kuyruklu yılana yaklaşınca iyiden iyiye telaşa kapılan başlar, "Aman yangın var, yangın var!" deyip durmuş. Kuyruğu tutuşan kırk başlı bir kuyruklu yılan üzülerek,

"Keşke başlarımdan birkaçı tutuşsaydı da ben de bir tanecik kuyruğum yanıp kül olmadan kaçabilseydim. Şimdi kırk başlı kuyruksuz bir yılan oldum çıktım" demiş.

O gün bugündür danışmanın önemini anlayan hayvanlar, sürüler halinde yaşasalar bile aralarında bir başkan seçmişler. Her kafadan bir sesin çıkması, hiç iyi bir şey değilmiş. Bunu iyice öğrenmişler. Bu uçsuz bucaksız, bülbülü eksik olmayan, gülü mis kokan, dereleri şırıl şırıl akıp hiç tükenmeyen mutluluk ormanında her gün güle oynaya vakit geçirmişler, her gece uyumadan masal dinlemişler ...

ALDANAN KURT

"Küçük arımı kaybettim. Gören oldu mu?" diye seslendim; kimseden çıt çıkmadı. Ben de bindim pirenin sırtına, derelerden sel gibi, tepelerden yel gibi, Hamza Pehlivan gibi gittim gittim, bir kuş aldım pazardan, tüyleri gök kuşağı, boynu uzun ağaçtan, gövdesi akça pakça, kanatlarının bir ucu batıda, bir ucu doğuda. Sonra tekrar düştüm yola, aradım taradım, gittim geldim düz ova derken, baktım ki küçük arıyı öküzle çifte koşmuşlar. Arının boynu yara olmuş. Dedim: "Arıma ne yaptınız?"

Dediler: "Al bunu da boynuna merhem sür." Aldım arıyı, düştüm yola. Yol boyunca arıyı dinledim. Ben bu masalı ondan öğrendim.

Bir varmış, bir yokmuş; evvel zaman içinde aç bir kurt yaşarmış. Günlerden bir gün bu kurt, av ararken çölde yalnız bir kuzucuk görmüş. Kurt bu kuzucuğu yemeyi düşünüp ona şöyle demiş:

"Ey kuzucuk, ben küçük hayvanları yemem, diye karar almıştım, fakat üç günden beri elime av düşmedi, açlıktan ölmek üzereyim. Sonra, kuzunun eti çok tatlı olurmuş, derler. Bu yüzden şimdi seni yiyeceğim."

Kuzucuk korkmuş, ama korktuğunu belli etmeden konuşmuş:

"Zararı yok, yersen ye! Sana, kuzunun eti tatlı olur diyenlerin de canı vardır. Yalnız benim etimi tuz ve karabiberle yemelisin. Hani, daha ağzımdan süt kokusu gitmediği için, etim böyle daha lezzetli olur" demiş.

O zaman kurt,

"Senin bu sözünü önceden duymuştum. Öyleyse yürü gidelim. Evinizden karabiber ve tuz al. Sonra lezzetli etine eker eker yerim" demiş.

"Hayır! Bu söylediğin olmaz!"

"Neden olmasın?"

"Çünkü seninle birlikte varırsam biber de, tuz da alamam. Sahiplerim beni bağlarlar. Seni de yakalarlar."

"Eee, o zaman ne yapsak ki?"

"İyisi mi sen burada bekle. Ben hemen gidip karabiberle tuzu alıp geleyim" diyerek son sözünü söylemiş kuzucuk.

Kurt da, "Öyleyse çabuk gidip gel. Ben çok acıktım" demiş ve kuzucuğa yol vermiş. Kuzucuk da seke seke kurdun yanından ayrılmış, bir koşmuş iki koşmuş, ardında tozu toprağı birbirine katıp bırakmış. Nefes nefese köye varıp evine ulaşmış ve bir daha bir başına ıssız çöllerde gezip dolaşmamış. Kurt da bir beklemiş, iki beklemiş, üç beklemiş derken, bakmış ki kuzunun geleceği yok, almış başını gün batımına doğru ağır adımlarla yürümüş gitmiş. İçinden aldandığını, kandırıldığını düşüne düşüne, yavaş yavaş soğumakta olan çöl kumunun üzerinde, yorgun argın haldeyken karşısına bir keçi çıkagelmiş.

Aç kurt keçiye, "Ey keçi; ben çok açım! Onun için seni yiyeceğim" demiş.

Keçi korkusuzca kurda bakıp,

"Tamam, yiyeceksen ben hazırım. Fakat gördüğüm kadarıyla sen çok acıkmışsın. Beni yemekle doymayacağını düşünüyorum" diye söze başlamış.

Kurt şaşkınlıkla,

"Doymazsın da ne demek; önceki gibi olmadan, seni bir yiyeyim; ondan sonrasını düşünürüm" demiş. Keçi alttan alarak konuşmasına devam etmiş:

"Öyleyse son olarak bir fikrim, teklifim var, hiç değilse onu dinle!"

"Söyle, nasıl bir teklifmiş bu?"

"İşte şu tepenin arkasında benim iki tane oğlağım otlamakta. Ben gidip, onları alıp geleyim. Sen üçümüzü de yersin, iyice doyarsın. Sadece beni yersen yavrularım yetim kalır."

- Haydi, öyleyse yürü; oğlaklarının yanına birlikte gidelim."

"Hayır, birlikte gitmemiz olmaz. Eğer ikimiz birlikte gidersek oğlaklarım seni görünce kaçıp giderler. Sen burada dur, ben kendim gidip onları hemen alıp geleyim."

Kurt, keçinin söylediği bu söze inanıp onu salıvermiş. Keçi ise tepenin üstünden aşıp bir daha geri gelmemek üzere kaçıp gitmiş.

Kurt, keçiyi uzun süre beklemiş, fakat keçiden de hiçbir haber çıkmayınca gene başını öne eğmiş ve kuyruğunu kısarak yürümeye başlamış. Az gitmiş uz gitmiş, dere tepe düz gitmiş. Boş karnını, dereden akan buz gibi sularla doldurup doldurup durmuş. Artık karnına taş bağlayacak kadar aç bir halde giderken karşısına bir koyun çıkmış.

Kurt kendi kendine, "Bari şunu hemen yiyeyim" deyip koyunun yanına varmış:

"Ey koyun, ben seni hemen yiyeceğim, açlıktan ölüyorum" demiş.

Koyun, karşısında beliren kurdu görünce irkilmiş ama onun elinde ayağında derman kalmadığını görünce, biraz cesaretlenmiş ve açlıktan karnı sırtına yapışan kurda şöyle seslenmiş:

"Ey kurt, benim gidecek yerim yok, ne zaman yersen ye! İyisi mi, benim çok ilginç bir oyunum var. Sen beni yemeden sana bu oyunun nasıl oynandığını öğreteyim. Başına bir iş gelirse, bu oyunun sana da faydası olur."

Kurt, ona da hemen inanıp meraklı bakışlar içinde, "Öyleyse haydi öğret de görelim" demiş.

Koyun, kendinden emin ve artık hiç korkmadan başlamış anlatmaya, içten içe de, "Nasıl olsa bu güçsüz kurt beni yiyemez" diyormuş. "Buna sıçrama oyunu" derler, deyip ayaklarını vurup, durduğu yerde bir iki defa sıçramış. Sonra daha uzağa sıçramış. Sonunda hızla koşup kaçmış ve gözden kaybolmuş.

Kurt, önceleri koyunun oyununa baksa da sonra o gözden kaybolup gidince gene aldandığını anlamış ve içi, yüreği yanmış bir halde her zamanki gibi boynunu bükerek yoluna devam etmiş. Giderken, karşısına bir at çıkmış. Kurt, ateş çabukluğuyla atın yanına varıp,

"Ben seni yiyeceğim!" deyip ona saldırmak istemiş.

At ise, "Dur!" demiş.

"Neden duracak mışım?"

"Çünkü bende kurtların padişahından seni de ilgilendiren bir ferman var. Bu ferman içinde önemli emirlerden birinde, atları yemenin yasak olduğu yazılı" demiş.

Bunun üzerine kurt,

"At kardeş, ben çok acıktım. Şu bahsettiğin fermanı ve onun içinde yazan emri gözümle görmezsem sana inanamam" demiş.

At da toynağını gösterip,

"Tamam, gel de gör. O fermanı arka ayağımın toynağında saklıyorum" demiş.

Kurt, "Hani" deyip, atın arka ayaklarına iyice yaklaşmış. At, iki ayağıyla kurdun tam alnına şimşek gibi bir çifte atmış. Kurt taklalar atarak yuvarlanmış. At gözden uzaklaşırken kurt, inleyerek şu şarkıyı söylemiş:

Gördüğünde bir kuzu,
Etini ye de kemiğini kazı,
Neye gerekti, biberle tuzu?

Gördüğünde bir keçi,
Etini ye de kemiğini yığ,
Neye gerekti, üçü, beşi?

Gördüğünde bir koyun,
Etini ye de bir doyun
Neye gerekti oyun?

Gördüğünde bir at,
Etini ye de yanında yat,
Neyine gerek fazlası?
Midene bir parça lokma at!

KENDİNİ KURBAĞA
SANAN KAVAL

Ağustosta kar dizde, zemheride bağ filizde, masal istersen Kafdağı bizde, çıktık Kafdağı'na getirdik masalı, iyi dinle bu kitapta yazanı ... Zümrüdü Anka uçtu yuvasından, kanatları yeşil, gagası altından, kondu incir ağacına, incirin tadı baldan mı baldan ... Çok geçmedi havalandı oradan, tekrar kondu Kafdağı'na ve başladı anlatmaya:

Bir varmış bir yokmuş. Evvel zaman içinde, kalbur saman içinde, çobanın biri sazlıktan seçtiği kamıştan kendine süslü bir kaval yapmış. Yalnız bu kavalın bir kusuru varmış. Kaval, deredeki kurbağaların vıraklama seslerini dinleyerek büyüdüğünden kendini hep kurbağa sanırmış.

Çoban kavala her üfleyişinde kaval, "Vırak vırak!..." diye ses çıkarıyormuş.

Çoban günlerce kavalı elinden bırakmamış. O üfledikçe kaval yine "vırak vırak" diye ses çıkarmaya devam etmiş. Kaval sesini dinleyerek otlayan koyun ve kuzular da melemeyi bırakıp "vırak"lamaya başlamışlar. Çoban da sinirlenip kavalı dereye atmış.

Dere kenarında yürüyüş yapan dilsiz bir küçük kız, derenin içinde kıvrılarak giden kavalı farkedince hemen suya eğilip onu almış. Küçük kız kavala üfleyince duyduğu sesle sevinçle durduğu yerden fırlayıp çığlık atmış. Sonra tekrar kavala üflemeye devam etmiş:

- Vırak vırak!...

Küçük kız bu kavalı çok sevmiş. Kaval da bu dilsiz çocuğu çok sevmiş. Çocuk ona ne zaman üflese, kaval hep "vırak"lamış. Hayır, hayır sadece "vırak"lamakla kalmamış, ona yaşadığı yeri de anlatmaya başlamış.

Çocuk, kavalı dinledikçe dilinin bağı çözülmüş. Kaval ne söylerse artık onu tekrar eder olmuş. Çocuğun ailesi de bu duruma çok sevinmiş ve konu komşuyu davet edip ziyafet vermişler ...

O dilsiz çocuk büyümüş, güzeller güzeli bir genç kız olmuş. Gelmiş zaman, geçmiş zaman, kış olmuş bacalar tütmüş, bahar olmuş papatyalar, karanfiller büyümüş, bir yaz günü bu genç kıza bir çobanın oğlu talip olmuş. Oğlan, ailesiyle gelip genç kızı anne ve babasından istemiş. Genç kız çobanın oğluna elindeki kavalı gösterip,

"Eğer bu kavalı çalabilirseniz, sizinle evlenmeyi kabul ederim" demiş.

Oğlan, "Bu isteğinizi gerçekleştirmek hiç de zor değil" diyerek kavalı eline almış.

Birinci üflemesinde kavaldan "vırak" diye, ikinci üflemesinde, "tarak" diye, üçüncü üflemesinde de "beni elinden bırak" diye üç söz çıkmış. Oğlan oldukça şaşırmış, duyduklarına bir anlam verememiş ve kızdan bir açıklama beklemiş. Kız da eline kavalı alıp üfleyince, kaval dile gelip şöyle demiş:

- İlk üflemende "vırak" dedim, çünkü ben kurbağa seslerini dinleyerek büyüdüm. İkinci üflemende "tarak" dedim, çünkü saçın başın çok dağınık, kendine bir çeki düzen ver demek istedim. Üçüncü üflemende "beni elinden bırak" dedim, çünkü yıllar önce baban sesimi beğenmeyip beni dereye atmıştı.

Bu sözleri duyan oğlanın babası heyecanla yerinden kalkmış, genç kıza dönerek,

"Kızım, kaval doğru söylüyor. Yıllar önce ben onun kıymetini bilememiştim, sabretseydim, kim bilir kavaldan daha ne sözler işitecektim" demiş.

Genç kız, annesi ve babası, çobanın oğlunu ve ailesini beğenmişler. Kız bu oğlan ile evlenip mutlu bir yuva kurmuş ...

Eğer kavalı merak ediyorsanız söyleyeyim; kız kavalı oğlana hediye etmiş. Oğlan da koyun sürüsünü bu kavalı çalarak gütmüş. Bu aile hayırlı ve uzun bir ömür sürmüş ...

DÖRT ÇARESİZ BALIK

Anka kuşu uçarken, onun ardından koşarken çok gittim, yollar eskittim ve bir dağa vardım. Dağ üstünde bir bağ, bağ içinde bir göl, gölün içinde dört tane balık gördüm. Bıraktım anka kuşunun peşini, dinledim balıkların sesini.

Biri kuyruğunu salladı, biri miyavladı, diğeri de havladı. Derken dördüncü balık masala başladı.

Bir varmış bir yokmuş. Kuşlar uçarken, çekirgeler cır cır ederken, kargalar bülbüllerle yarışırken, bir gölde dört balık yaşarmış. Dördü de kardeş kardeş geçinirlermiş. Her gün gönüllerince eğlenip, ırmağın kenarındaki taşların üzerine çıkıp çıkıp suya atlarlarmış. Irmak kış aylarında buz gibi olduğundan, daha sıcak ırmaklara doğru yol alırlarmış.

Gene suyu donduran cinsten bir kış gelmiş çatmış ve balık kardeşler de sıcak bir yuva bulmak üzere düşmüşler yola. Az gitmişler uz gitmişler, büyük balıklardan saklana saklana, nice yosunlu kayalar aşmışlar, kâh bir kayanın altına girip uyumuşlar, kâh uykusuz günler geceler boyu yol almışlar derken karşılarına dev bir ahtapot çıkagelmiş. Onu görünce nereye kaçışacaklarını şaşırmış hepsi. Ahtapot uzun kollarıyla balık kardeşlerin etrafını sarmaya başlamışken, dördü de küçük gövdeleri sayesinde ahtapota yakalanmadan oradan kaçabilmişler ama bu defa daha fena bir tehlikeyle karşı karşıya kalacaklarından haberleri yokmuş.

Ahtapottan kaçarken, yollarını kaybedip balık avlanan bölgeye girmişler. Bir sağa dönmüşler, bir sola dönmüşler derken suyun içinde bekleyen birkaç olta görmüşler. Korkularından küçük dillerini yutmak üzereymişler ama bir yandan hepsi de açlıktan bitkin bir halde ne yapacaklarını bilememiş. Ancak aralarından biri, "Şu yosunlu kayalara sığınalım hemen" deyince ışık hızıyla kayanın dibine varmışlar. Bir zaman beklemişler, iki zaman beklemişler, üç beklemişler derken oltalar çoğalmış. Hepsi de iyiden iyiye daha çok acıkmaya başlamış.

İçlerinden biri, "Ben artık dayanamıyorum. Şu oltanın ucundaki yemi, sessiz sedasız alıp yiyeceğim" demiş. Diğer üç kardeş bu fikre karşı çıkmış. "Eğer oltanın ucuna gidersen, balıkçı seni farkeder ve hemen yakalanırsın" demişler hep bir ağızdan. Ancak bu kardeşi düşüncesinden vazgeçirememişler.

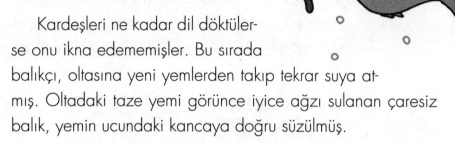

Kardeşleri ne kadar dil döktülerse onu ikna edememişler. Bu sırada balıkçı, oltasına yeni yemlerden takıp tekrar suya atmış. Oltadaki taze yemi görünce iyice ağzı sulanan çaresiz balık, yemin ucundaki kancaya doğru süzülmüş.

Aç ve çaresiz balığın yemi yutmasıyla kancaya takılması bir olmuş. Kendini kancadan kurtarmak için çabaladıkça kancaya bağlı olan ip sallanmış. Tetikte bekleyen balıkçı da onu yukarıya doğru çekmeye başlamış. Çaresiz balığı eline alan balıkçı, onun gözlerine bakınca şaşkınlığını gizleyememiş. Çünkü küçük balık ağlıyormuş. Birkaç dakika henüz geçmiş ki balık dile gelip konuşmaya, balıkçıya yalvarmaya başlamış:

- Balıkçı amca, balıkçı amca ne olur beni ırmağıma, yurduma bırak. Çok acıkmıştım, o yüzden oltana geldim. Hem kardeşlerim de çok aç. Hepimiz açlıktan perişan olduk. Zaten küçücüğüm. Beni bağışla.

Balıkçı duyduklarına inanamamış. Bir balığın dile gelip konuşması onu iyice ürkütmüş. Bu ırmakta bir şeyler oluyor diyerek elinde tuttuğu balığı korku içinde ırmağa bırakmış, ardından yem kutusunda bulunan bütün yiyecekleri de suya atmış.

Suyun üstünden yiyecek yağdığını gören çaresiz balık hemen diğer kardeşlerine seslenmiş. Onlar da tepelerine yağan yiyecekleri görünce hayal gördüklerini sanmışlar ama çok geçmeden yemlerin gerçek olduğunu anlamışlar. Dördü de tadını çıkarta çıkarta güzel bir ziyafet çekmiş. Ardından ertesi sabah yollarına devam etmek üzere yosunlu kayanın altında tatlı tatlı uyuyup, baldan tatlı rüyalar görmüşler.